KB042217

참룡회귀록

참룡 회귀록 9

초판 1쇄 인쇄일 2019년 7월 15일 | **초판 1쇄 발행일** 2019년 7월 18일

지은이 정한솔 | **펴낸이** 곽동현 | **담당편집 팀장** 이범수
편집부 홍현주 정요한

펴낸곳 (주)조은세상 | 출판등록 제 2002-23호
주소 경기도 연천군 미산면 청정로 1355
TEL 편집부 02)587-2966 | FAX 02)587-2922
e-mail bukdu@comics21c.co.kr

정한솔 ⓒ 2018
ISBN 979-11-6432-350-0 | ISBN 979-11-89672-81-2(set) | 값 8,000원

斬龍回歸錄

참룡
회귀록

정한솔 신무협 장편소설

9

NEO ORIENTAL FANTASY STORY

북두
(주)좋은세상

정한솔 신무협 장편소설

NEO ORIENTAL FANTASY STORY

CONTENTS

참룡
회귀록

斬龍
回歸
錄

참룡
회귀록

斬龍
回歸錄

57 章.

왕진이 호기심 가득한 눈으로 모용기를 쳐다봤다.

"쟤가 걔예요?"

"그렇습니다. 저 녀석이 모용기입니다."

왕진의 질문에 곁에 있던 조고가 재깍 대꾸했다.

그러나 왕진은 고개를 갸웃거렸다.

"너무 어리지 않나? 아직 약관도 안 된 것 같은데."

두 번이나 자신들의 일을 방해한 녀석이었다.

그렇기에 어느 정도 무공이 고강한 고수로 예상하고 있
었는데, 자신의 생각과는 다르게 너무 앳된 얼굴이었던 것
이다.

그 탓에 왕진이 미심쩍은 얼굴을 하며 믿지 못하겠다는

듯한 기색을 내비치자, 조고가 다시 입을 열어 그의 의문을
풀어 줬다.

"원래 강호에는 종종 이상한 녀석이 툭 튀어나오고는 한
다고 들었습니다. 상식을 벗어난 이상한 녀석들. 저 녀석도
그중 하나라 생각됩니다."

"그래요?"

"그렇습니다. 그래서 이번 기회에 반드시 죽여야 합니
다."

조고가 단호한 얼굴로 목소리를 높였다.

그러나 왕진은 가타부타 말이 없었다.

호기심이 가득한 얼굴로 저 멀리 걸어오는 모용기를 쳐
다보던 왕진은 불쑥 자리에서 일어섰다.

"도, 도련님?"

"아, 별건 아니고 그냥 얘기나 좀 해 볼까 싶어서."

"저 녀석과요? 저 녀석과 무슨 얘기를……."

"조 공공 말을 들어 보니까 생각보다 쓸 만한 녀석 같은
데, 그런 녀석이라면 죽이는 것보다는 밑에 두고 쓰는 게
낫지 않겠어요? 아버님도 그걸 더 원하실 것 같은데."

얼핏 듣기에는 틀린 말이 아니었다.

그러나 조고는 고개를 저었다.

"쉽지 않을 겁니다. 이상하게도 강호의 무뢰배들은 관에
들어와서 일하는 것에 거부감을 보이니까요. 결국 저 녀석을

옭아맬 무언가가 필요할 터인데……."

조고가 말끝을 흐리며 옆에 있던 담재선을 힐끔 쳐다봤다.

그의 예상대로 담재선은 미간에 잔뜩 주름을 잡은 채 못마땅하다는 눈으로 조고를 쏘아보고 있었다.

그러나 딱 거기까지였다.

제 처지를 잘 아는 담재선은 그 이상 어떠한 행동도 하지 못했다.

담재선과 조고의 이상한 기류를 느낀 왕진이 둘을 번갈아 쳐다보다가 픽 웃음을 흘렸다.

"됐어요, 됐어. 아저씨, 조 공공이 악의가 있어서 그런 말을 하는 게 아니니까 오해하지 말아요."

그러나 담재선은 이미 마음이 상했다는 얼굴로 고개를 휙 돌려 버렸다.

담재선의 냉랭한 태도에 입맛을 쩝 하고 다시던 왕진은 고개를 절레절레 저으며 신형을 돌렸다.

그리고는 다시 걸음을 옮기려 하자 조고가 급하게 왕진을 불렀다.

"도, 도련님."

"그래도 얘기는 해 봐야 할 거 아니에요? 저 녀석이 어떤 생각을 하고 있는지도 모르지만, 혹시 알아요? 생각이 트인 녀석일지?"

그리고는 조고의 손길을 뿌리치며 휘적휘적 걸음을 옮겼
다.

더는 왕진을 막아설 수 없음을 알아챈 조고가 주위를 휘
휘 둘러보다가 결국에는 담재선을 찾았다.

"다, 담 무사, 도련님을……."

조고의 요청에 담재선이 못마땅하다는 얼굴을 했다.

그러나 그의 요청을 무시할 방법도 딱히 떠오르지 않았
기에 그는 여전히 못마땅하다는 얼굴을 유지하면서도 왕진
의 뒤를 따라 걸음을 옮겼다.

모용기가 자신에게 다가서는 왕진과 담재선을 쳐다보며
고개를 갸웃거렸다.

'어라? 저 아저씨가…… 쟤는 누구지?'

처음 보는 얼굴이었다.

그러나 담재선이 직접 호위로 따라나섰다는 것은 그만큼
중요한 인물이라는 뜻.

모용기가 호기심이 가득한 눈으로 왕진을 쳐다봤다.

그리고 어느새 모용기의 일 장 거리까지 다가선 왕진.

담재선이 팔을 들어 왕진을 제지했다.

"왜요?"

왕진의 질문에 담재선이 고개를 저었다.

"더 이상은 위험하다."

더 접근하면 제아무리 자신이라도 모용기의 공세에서 왕

진을 보호할 자신이 없었던 게다.

그리고 당연히 모용기는 얼굴을 찌푸렸다.

'양다리 걸치는 것도 적당히 할 것이지. 그냥 내주면 얼마나 좋아?'

딱 한 걸음만 더 다가섰으면 아무리 담재선이 막아선다 해도 충분히 잡을 수 있었다.

딱 한 걸음이 부족했다. 그리고 그것이 무척 아쉽게 느껴졌다.

그러나 금세 고개를 휘휘 저으며 생각을 고쳐먹는 모용기였다.

'아니지. 저 아저씨가 안 내주는 걸 보면 쟤 정도로는 어림도 없다 이건가?'

아마도 제 생각이 맞으리라 생각했다.

그 정도로 해결될 일이었으면 담재선이 손을 써도 벌써 썼을 터.

그렇다면 다른 생각을 해 봐야 했다.

시시각각으로 다채로운 생각을 풀어내는 모용기의 얼굴.

"흐응……."

그런 모용기의 모습을 콧소리를 내며 감상하는 듯하던 왕진이 이내 고개를 휘휘 저으며 목소리를 냈다.

"이름이…… 모용기라고 했나?"

제법 분위기를 잡으며 진중한 목소리를 냈다고 생각했다.

도지감에서 모든 내관들의 무릎을 굽힐 때보다 더 위압감이 가득한 목소리라 생각했다.

그리고 자신의 우측에 호위하듯 서 있는 담재선이란 고수.

그 외에도 한 치의 틈도 주지 않으려는 듯 빽빽하게 들어차 주위를 가득 메우고 있는 고수들과 무사들.

이 정도면 모용기의 생각을 고쳐먹게 만들기에는 충분할 터다.

그렇게 생각한 왕진이 어깨를 잔뜩 부풀리며 모용기를 돌아봤다.

그리고 왕진의 예상대로 모용기는 심각한 얼굴로 왕진을 쳐다봤다.

"혹시 너……."

"맞아. 내가 이들을 이끌고 있지. 생각보다 대단한 거 같지?"

"아니, 그게 아니고……."

"그게 아니긴 뭐가 아냐? 이쯤에서 항복하는 게……."

"아니, 아니. 그게 아니라……."

"그렇게 뻗대지 말고. 그래 봐야 남는 거 하나 없어. 그러니까 내 밑에……."

"아니라고. 나도 말 좀……."

"그놈 말귀 참 어둡네. 그냥 내 밑에 들어오라니까. 내가 잘 대우해 줄……."

"아니라니까! 나도 말 좀 하자, 말 좀!"

참다못한 모용기가 버럭 소리를 질렀다.

사나운 기세에 움찔하며 어깨를 움츠리던 왕진이 제 옆
에 선 담재선을 힐끔 쳐다보고는 다시 어깨를 폈다.

그리고는 못마땅하다는 얼굴로 모용기를 쳐다보며 말했
다.

"해 봐."

왕진이 선선히 고개를 끄덕이자 그제야 만족한 얼굴을
하는 모용기.

그러나 이내 다시 심각한 얼굴로 왕진을 쳐다봤다.

"너 목소리가……."

"응? 내 목소리가 왜?"

재차 의문을 표하는 왕진의 목소리.

여성의 그것처럼 뾰족하면서도 남성 특유의 거침을 완전
히 털어 내지 못한 이중적인 목소리.

재차 들려온 왕진의 목소리에 모용기는 완전히 확신을
한 얼굴이었다.

모용기가 불쌍하다는 듯이 왕진의 아랫도리를 힐끔 쳐다
보며 목소리를 냈다.

"너 혹시 고자냐?"

왕진의 얼굴이 대번에 붉어졌다.

살짝 건드리기라도 하면 툭 터져 버릴 듯이 빨갛게 잘 익었다.

왕진이 몸을 부들부들 떨었다.

"이, 이……!"

그리고는 모용기를 향해 검지를 세웠다.

"저 새끼 죽여!"

꼬르륵.

철무한이 입맛을 쩝쩝 다시며 배를 쓰다듬었다.

"밥때가 지났는데……."

평소에는 제시간에 칼같이 넣어 주더니 오늘은 밥시간이 한참 지났는데도 기별이 없었다.

굶주린 배를 문지르던 철무한이 얼굴을 찡그렸다.

"배고프면 신경질 나는데……."

그 때 한쪽 구석에서 웅크리고 있던 남궁서천이 미간을 좁히며 목소리를 냈다.

"네 녀석은 지금 이 상황에서 그런 소리가 나오는 거냐?"

철무한을 타박하는 남궁서천.

그러나 철무한은 오히려 당당하다는 얼굴로 목소리를 냈다.

"이 상황이니까 밥 타령을 하는 거지. 잘 먹어 둬야 힘을 쓸 거 아냐? 해약이고 나발이고 기력이 딸리면 그게 무슨 소용이야? 일단 잘 먹고 잘 쉬어야 뭘 해도 할 테니까."

틀린 말이 아니었다.

그러나 남궁서천에게 있어서는 철무한이라는 존재 자체가 틀려먹은 것이다.

남궁서천이 못마땅하다는 얼굴로 재차 입을 열려는 순간.

남궁진우가 손을 들어 남궁서천의 입을 틀어막았다.

"그만하거라."

"하지만 숙부님……."

"어허. 그만하래도. 틀린 말은 아니지 않느냐? 그보다……."

남궁진우가 미간을 좁히며 안호석을 쳐다봤다.

"평소와 다르게 오늘은 좀 부산스러운 것 같은데……."

남궁진우의 목소리에 안호석이 고개를 끄덕였다.

"자네도 느꼈나? 아무래도 저들에게 무슨 일이 있는 것 같군."

자신과 같은 것을 느낀 안호석.

그것으로 남궁진우의 얼굴에 확신이 어렸다.

그리고는 심각한 얼굴로 고개를 휘휘 돌렸다.

"저들에게 무슨 일이 있나 보군. 이거 어쩌면……."

그러나 철무한이 고개를 저으며 남궁진우의 말을 끊었다.

"우리가 틈을 볼 정도가 되려면 소란이 크게 일어야 하는데, 아무래도 그 정도는 아닌 것 같습니다. 그래도 제법 버티는 걸 보니까 어느 정도 고수인 것 같기는 하지만, 딱 봐도 숫자가 적어요. 우리가 빠져나가기엔 부족합니다."

남궁진우가 눈을 동그랗게 떴다.

"자, 자네가 어떻게 그걸…… 어, 어떻게 자네가 거기까지……."

당황한 얼굴로 남궁진우가 말을 더듬었다.

그리고 그것은 안호석 역시 마찬가지였다.

안호석이 새삼스럽다는 눈으로 철무한을 쳐다봤다.

말은 없었지만 해명을 요구하는 듯한 안호석의 눈길에 철무한이 픽 웃으며 입을 열었다.

"그 녀석을 따라다니까 보니까 이런 것만 늘어서…… 그렇게 볼 것 없습니다, 숙부님. 명진 그 녀석은 저보다 더하니까요. 그렇게 놀랄 일이 아닙니다."

그러나 안호석의 입은 아예 헤벌어져 버렸다.

"너, 너보다 더? 대체 어떻게 생겨 먹은 녀석이길래……."

그리고 그것은 남궁진우 역시 마찬가지였다.

제법 연륜이 쌓인 자신이나 안호석도 느끼지 못한 것을

철무한이 본 것만 해도 놀랄 일인데, 명진은 더하다고 하니 기가 찬 것이다.

그러나 이내 다시 고개를 휘휘 저으며 입을 열었다.

"확실한가? 우리가 빠져나가기에 부족한 게?"

"아무래도 그런 것 같습니다. 남궁 장로님도 잘 들어 보십시오. 소란이 부족합니다. 이 정도로는……."

남궁진우와 시선을 맞춘 채 말을 잇던 철무한이 갑자기 입을 다물더니 고개를 갸웃거렸다.

"어? 아닌가?"

"응? 뭐가 말이냐?"

또다시 의문을 표하는 남궁진우의 목소리.

그러나 철무한은 손을 휘휘 저어 남궁진우의 입을 틀어막았다.

"자, 잠시만요."

그리고는 심각한 얼굴로 미간을 좁히는가 싶더니 문득 시선을 돌렸다.

그 순간 소리 없이 스르륵 열리는 철문.

"누, 누구……!"

안호석이 벌떡 자리에서 일어서려는 순간 철무한이 그의 팔을 잡아당겼다.

"자, 잠시만……."

"응?"

안호석이 움찔하며 움직임을 멈췄다.

그리고 안으로 들어서는 것은 명진이었다.

명진의 다급한 얼굴을 확인한 철무한이 자리에서 벌떡 일어섰다.

"어떻게 된 거야? 네가 갑자기 왜……."

"닥치고 약이나 먹어."

"약? 갑자기 약은 왜?"

"기아 왔다. 얼른 약 먹어."

명진의 말에 일행의 얼굴에 화색이 돌았다.

그러나 철무한은 여전히 다급한 얼굴의 명진을 쳐다보고는 고개를 갸웃거렸다.

이전에 말했듯 자신들이 빠져나가기에는 소란이 부족했던 탓이다.

그리고는 문득 미간을 좁히며 다시 목소리를 냈다.

"기아가? 그리고 또 누구? 우리 아버지는?"

명진이 고개를 저었다.

"그 녀석 혼자 왔다."

"이, 이런 미친!"

철무한이 얼굴을 와락 구겼다.

뒤늦게 명진의 말뜻을 알아들은 다른 일행들 역시 동요한 기색이 역력했다.

그러나 명진은 그들의 동요가 가라앉을 때까지 기다려

줄 만큼 여유롭지 못했다.

"얼른 약 먹어. 그 녀석이라도 오래 못 버틴다."

"제, 젠장!"

철무한이 품 안에서 까만 단환 하나를 꺼내더니 급하게 입안으로 털어 넣었다.

썹을 틈도 없이 단환을 꿀꺽 삼킨 철무한은 누가 말리기도 전에 그 자리에 주저앉더니 가부좌를 틀었다.

그것을 확인한 명진이 주위를 둘러봤다.

"오래 못 기다립니다. 늦어도 반 시진. 그 안에는 해결해야 합니다."

명진의 말에 다른 이들 역시 급하게 단환을 입에 털어 넣었다.

다들 가부좌를 틀고 단환의 기운을 억지로라도 짜내려는 모습.

그러나 명진의 일은 아직 끝나지 않았다.

'다른 이들도……'

명진이 소리 없이 스르륵 문을 나섰다.

담설이 허망하다는 얼굴을 했다.

'살고 싶었는데……'

아직 하고 싶은 것이 많았다.

그래서 모용기의 눈에 들어 보려 갖은 방법을 동원했다. 모용기와 제 아비의 약속, 그것만으로는 부족했기에 제 아비에게 하던 것처럼 억지로 그의 품에 달라붙어 있었고, 그조차도 통하지 않는 것처럼 보이자 머리를 짜내 자신의 쓸모를 보이기도 했다. 그가 자신을 버리지 못하도록 만들기 위함이었다.

그러나 결국에는 아무런 소용이 없었다.

모용기는 떠났고 그는 다시 살아 돌아오지 못할 터.

견디기 힘들 정도의 허탈감에 온몸이 무기력했다.

입술이 바짝바짝 말라 가는 것을 느끼면서도 물 한 모금 마시지 않은 채 침상에 몸을 맡겼다.

그리고 뒤늦게 떠오른 담재선의 얼굴.

'아빠는 이제 어쩌지?'

이럴 줄 알았다면 조금 더 살아 보겠다고 그가 힘들어하는 것을 모른 척하지 말 것을 그랬다는 생각이 들었다.

자신이 조금 더 일찍 마음을 정했다면 제 아비는 원하지 않는 일에 이리저리 끌려 다니며 고통을 겪지 않아도 되었을 것이다.

근 오 년 새에 부쩍 흰머리가 늘어난 제 아비의 얼굴을 떠올리자 담설의 눈가로 또르르 눈물이 흘러내렸다.

눈물자국을 타고 이질적인 느낌이 들었지만 손을 들

생각도 하지 않던 담설.

그런 담설이 한순간 눈을 번뜩이며 상체를 벌떡 일으켰다.

'아! 아빠가 죽는다!'

담재선은 모용기를 그대로 내버려 두지 않을 것이다.

자신을 살리기 위해서는 무엇이라도 할 사람이었으니까.

제 아비의 무공이 대단하다는 것 정도는 충분히 알고 있었지만, 혼자서 저들 전부를 감당할 정도는 아니라는 것 역시 잘 알고 있었다.

결국 모용기와 마지막을 함께할 것이다.

"이, 이거 어쩌지?"

담설이 당황한 얼굴로 안절부절못했다.

어떻게든 머리를 쥐어짜 내 보려 하지만 자신이 할 수 있는 일이 마땅히 떠오르지 않았다. 머릿속이 하얗게 백지장이 된 것 같은 느낌에 담설의 얼굴이 하얗게 물들어 갔다.

그리고 그 순간 문 밖에서 들려온 늙수그레한 목소리.

"이놈아! 아직도 자는 게냐?"

홍소천의 목소리였다.

담설이 미처 대꾸할 말을 찾지 못하고 머뭇거리는 사이, 홍소천이 방문을 벌컥 열고 안으로 들어섰다.

"이놈아! 때가 어느 땐데 아직도 처 자는 게야! 얼른 일어나서 애들 구할 방법을 논의라도 해야…… 어라?"

자신이 원하는 모용기는 없었고, 잔뜩 울상을 한 담설의 얼굴만 확인할 수 있었다.

"너 표정이 왜⋯⋯?"

미간을 좁히던 홍소천은 이내 고개를 휘휘 젓고는 방 안을 둘러봤다.

"그런데 이놈은 또 어디 갔어? 이렇게 늦장 부리다가 남궁세가 애들 다 죽으면 어떻게 하려고? 이놈 이거 대체 어떻게 생겨 먹은 놈이길래 긴장감이라고는 눈곱만큼도 찾아볼 수가 없으니⋯⋯ 에잉."

홍소천이 못마땅하다는 얼굴로 쯧 하고 혀를 찼다.

그리고는 여전히 얼굴이 좋지 않은 담설을 쳐다보며 목소리를 냈다.

"그놈 돌아오면 나 찾아오라고 해라. 할 말이 있다고."

말을 마친 홍소천이 휙 몸을 돌리려는 순간.

담설이 급하게 입을 열었다.

"자, 잠시만⋯⋯!"

"응?"

홍소천이 걸음을 멈추며 고개를 돌렸다.

그리고는 새삼스럽다는 눈으로 담설을 쳐다봤다.

"지금 나한테 한 말이냐?"

여태껏 모용기를 제외하고는 누구와도 말을 섞지 않았던 담설이다.

꼭 필요할 때가 아니면 목소리를 낸 적 자체가 많지 않았고, 그마저도 모용기에만 향할 정도로 다른 이들과 말을 섞으려 들지 않았다.

그래서 지금의 상황이 의아했던 것이다.

홍소천이 고개를 갸웃거릴 때, 담설이 고개를 끄덕였다.

"맞아요."

"허……."

홍소천이 저도 모르게 헛웃음을 흘렸다. 그러나 이내 고개를 휘휘 저으며 다시 말했다.

"그래. 할 말이 뭐냐? 말해 보거라."

"그게……."

담설이 말끝을 흐리며 눈알을 굴렸다.

무엇을 말해야 하고, 무엇을 빼야 할지 고르는 것이다.

그러나 결론은 어렵지 않았다.

담설이 짧게 말했다.

"모용 공자가 위험해요."

"응?"

밑도 끝도 없는 말에 홍소천이 눈을 동그랗게 떴다.

"무, 무슨 말이냐? 그 녀석이 왜?"

"혼자 갔어요."

"혼자 가다니? 그게 무슨……."

여전히 이해가 가지 않는다는 얼굴로 고개를 갸웃거리던

홍소천.

하나 이내 그의 두 눈이 번뜩거렸다.

"서, 설마! 남궁 애들 구하러 혼자 갔다는 말이냐? 그런
것이야?"

담설이 고개를 끄덕이자, 홍소천의 얼굴이 와락 일그러
졌다.

"이런 미친!"

그리고는 급하게 문을 나서려다 갑자기 무슨 생각이 들
었는지 다시 담설을 쳐다봤다.

"어디냐? 혹시 넌 알고 있느냐?"

담설이 고개를 끄덕였다. 그리고는 짧게 대꾸했다.

"화과산."

"끄아악!"

끔찍한 비명이 쩌렁쩌렁하게 터져 나왔다.

그와 동시에 흉측한 살점이 사방으로 비산하며 핏물이
확 튀어 올랐다.

장애물이 시야를 가리려 하자 양노가 눈을 찌푸렸다.

"빌어먹을 자식!"

사방이 적으로 가득한 상황에서도 궁지로 몰리지 않으려는

듯 이용할 수 있는 건 다 이용한다.

아무나 밀어 자신들의 움직임을 방해하는 것은 그렇다 쳐도, 이미 쓰러진 시체를 집어 던지는 일에도 망설임이 없었다.

한 걸음 물러선 양노가 기가 차다는 얼굴을 했다.

"저 자식 정말 정무맹 소속 맞아? 사파 놈도 껄끄러워 할 일을……."

음노 역시 표정이 좋지 못했다.

그러나 양노와는 다른 의미였다.

음노가 저도 모르게 미간을 좁히며 중얼거렸다.

"그때보다 더 성장한 것 같은데……."

일반무사라고는 하지만 쓰러진 수가 벌써 두 자릿수를 넘어섰다. 고작 일각 동안 벌어진 일이다. 일각이 그리 짧은 시간은 아니었지만, 수많은 적에게 둘러싸인 상태로 상처 하나 없이 적을 상대한다는 것은 결코 쉬운 일이 아니었다.

그러나 그것이 전부가 아니었다.

진정 놀라운 것은 자신들이 제대로 접근조차 못 하고 있다는 점이었다.

처음 봤을 때는 그나마 틈이 보여 어떻게 접근은 가능했었는데, 지금은 그런 틈조차도 보이지 않았다.

고작 1년 남짓한 시간.

아예 사람이 달라진 듯한 느낌이 들었다.

비슷한 생각을 하던 양노가 미간을 좁히며 음노를 쳐다봤다.

"이제 어쩌지?"

음노 역시 양노와 비슷하게 미간을 모았다.

성격이 급한 양노가 망설임을 보일 정도였다.

자신들 둘만으로는 무리라는 생각이 든 음노가 슬며시 고개를 돌렸다.

그리고 그 의미를 알아차린 월향이 곱게 웃으며 목소리를 냈다.

"오호호호. 아무래도 음양이로만으로는 무리로 보이는데요."

그리고 왕진 역시 어렵지 않게 그것을 알아봤다.

아무리 싸움을 모르는 왕진이라도 정상적인 상황이 아니라는 것 정도는 어렵지 않게 알 수 있었던 것이다.

왕진이 옆에 있던 담재선을 쳐다봤다.

"담 무사가 보기에는 어때요? 저 녀석 어느 정도예요?"

담재선이 여전히 뒷짐을 쥔 채 왕진을 힐끔 쳐다봤다.

"뭘 말인가?"

"저 녀석 무공 말이에요, 무공. 담 무사가 보기에는 어때요? 저 녀석 쓸 만한가요?"

언제 화를 냈냐는 듯, 욕심이 가득한 눈초리.

그것을 확인한 담재선은 그나마 돌파구를 찾은 듯한 기분이었다.

그러나 제 생각을 내보일 정도로 담재선은 어리숙하지 않았다.

입을 다문 채 모용기의 움직임을 한참이나 살피는 듯하던 담재선은 왕진이 긴장으로 마른침을 꿀꺽 삼키고 나서야 천천히 목소리를 냈다.

"자세한 건 제대로 붙어 봐야 알겠지만, 확실히 내 밑은 아닌 것 같다."

왕진이 눈을 동그랗게 떴다. 그리고 그것은 조고 역시 마찬가지였다.

왕진이 그보다 앞서 질문했다.

"진짜요? 그게 가능해요? 아직 나이도 어린데……."

"강호에는 기인이사가 많은 법이지."

결국은 자신도 모른다는 말이었다.

그러나 왕진의 눈에는 호기심, 그리고 탐욕이 겹겹이 쌓이는 모습이었다.

모용기를 향해 눈을 반짝이는 왕진을 대신해 월향이 고개를 갸웃거리며 의문을 표했다.

"지난번에 두 번? 세 번? 붙어 봤다면서요? 그런데 아직도……." "

"제대로 된 싸움이 아니었다. 방해물이 많아서."

담재선이 고개를 저으며 대답했다.

그러나 여전히 납득하지 못하겠다는 듯한 얼굴의 월향.

그러나 한 가지는 확실했다.

"어쨌든 제대로 된 고수란 말이죠. 이거 재밌겠는데……."

월향이 눈을 번들거리며 혀로 입술을 핥았다.

그리고는 허리띠 대신 둘러멘 자신의 연검으로 손을 가져가는 순간.

그 기색을 느낀 왕진이 손을 들었다.

"잠시만요."

왕진의 만류에 월향의 눈가에 언짢은 기색이 어렸다.

그러나 그것도 잠시, 예의 그 짤랑짤랑한 교성을 냈다.

"오호호. 왜요, 공자님? 혹시 저 녀석에게 관심이라도 있으신 건가?"

"아무래도요. 한 번 더 말을 해 봐야 할 것 같은데……."

왕진이 말끝을 흐리며 조고를 물끄러미 쳐다봤다.

조고가 고개를 끄덕이더니 목소리를 높였다.

"모두 물러서라!"

왕진과 비슷한 날카로운 고성.

성별이 쉽사리 구분되지 않는 목소리에 왕진과 모용기 사이에 한순간 길이 열렸다.

"응?"

모용기가 시선을 돌렸다.

군데군데 핏자국이 가득했지만 여전히 생기가 넘치는 얼굴이었다.

왕진이 마음에 든다는 듯이 고개를 끄덕였다.

그리고는 담재선과 월향을 대동한 채 걸음을 옮겼다.

이전처럼 일 장 거리.

왕진이 그곳까지 거리를 좁히자 모용기가 먼저 질문했다.

"왜 또?"

조금은 심드렁해 보이는 얼굴이었지만 왕진은 전혀 개의치 않았다. 오히려 적대감을 표하지 않는 모용기의 모습에 슬며시 기대가 들기도 했다.

"다른 게 아니고, 다시 한 번 생각해 보는 게 어때? 내 밑에 들어오는 거."

모용기가 픽 하며 웃음을 흘렸다.

그리고 냉큼 고개를 저으려다 따갑게 쏟아지는 한 줄기 살기에 움찔 몸을 떨었다.

슬쩍 담재선을 쳐다본 모용기는 어딘가 간절해 보이는 그의 눈빛에 저도 모르게 픽 웃음을 보였다.

'그렇게 불안하면 도와주거나 할 것이지.'

그리고 그 웃음에 얼굴이 밝아진 왕진.

왕진이 헤실헤실 웃으며 다시 말했다.

"그 웃음은…… 수락한다는 말?"

"어? 그게……."

반사적으로 고개를 저으려던 모용기는 한순간 왕진처럼 헤실헤실 웃음을 보이기 시작했다.

"그럴 수도 있긴 한데, 당연히 공짜는 아니겠지?"

"당연하지. 말만 해, 말만. 네가 원하는 건 다 들어줄 테니까. 내가 이래 봬도 할 수 있는 게 많거든. 저기 붙잡혀 온 놈들도 내 말 한마디면 당장 풀어 줄 수도 있다고. 어때? 이제 구미가 좀 당겨?"

왕진이 적극적으로 나오자 모용기가 소리 없이 웃음을 보였다.

그리고 재밌는 장난감을 앞에 두고 바짝바짝 몸이 달은 듯한 왕진.

모용기가 여전히 웃는 얼굴로 입을 열었다.

"내가 가지고 싶은 게 있긴 한데……."

모용기가 들릴 듯 말 듯 작게 목소리를 냈다.

잔뜩 기대감을 품은 왕진이 담재선이 제지할 틈도 없이 저도 모르게 한 걸음 앞으로 나섰다.

"뭔데, 그게?"

그 순간 모용기가 눈을 번뜩였다.

"네 목!"

모용기의 손에서 빛이 뿜어졌다.

"어?"

"위, 위험!"

담재선이 급하게 손을 뻗었다. 그러나 다른 생각을 하고 있던 그의 반응은 조금 늦은 감이 있었다.

담재선이 저도 모르게 얼굴을 찌푸리는 찰나.

하늘하늘한 무언가가 모용기의 검에 휙 감겨들었다.

착!

"응?"

자신의 검을 꽁꽁 묶어 버린 한 자루의 연검.

조금 전까지 월향의 허리에 둘러져 있던 그것이었다.

모용기가 얼굴을 와락 구겼다.

"이 할망구가 진짜!"

고혹적인 미소를 보이던 월향의 얼굴이 표독스럽게 변한 것도 한순간이었다.

월향이 앙칼지게 소리쳤다.

"누나라고 불러!"

강호에서 연검을 지닌 이들은 대부분 관심을 가질 필요도 없는 하수들이었다. 연검 자체가 사용하기 까다로워 익히기가 만만치 않은 탓이다. 백이 덤비면 그중 한둘만 간신히 형을 익힌다 할 정도로 다루기가 쉽지 않았다. 그래서 실사용보다는 멋으로 지니고 다니는 이들이 대부분이었다.

그러나 그중에서도 분명히 예외는 있었다. 간혹 연검을 제대로 익힌 이들이 한둘씩 튀어나오고는 했는데, 이들은 하나같이 만만치 않은 고수들이었다.

그리고 안타깝게도 월향은 후자에 속했다.

'젠장! 이 마녀까지 따라와서는……'

차가운 빛을 뿜어내는 쇳덩이답지 않게 한없이 나풀거리던 것이 요혈을 노릴 때는 고개를 빳빳이 치켜들었다. 흡사 먹이를 노리는 뱀처럼 종잡을 수 없는 궤적을 그리는 월향의 검은 제아무리 모용기라도 만만히 볼 계제가 아니었다.

월향의 검을 받지 못하고 주춤주춤 물러서는 모용기.

그 모습을 보며 월향이 예의 그 짤랑짤랑한 교성을 터트렸다.

"오호호! 말하는 것을 보면 제법 실력은 있는 놈인가 했더니 입만큼 실력이 따라 주지 못하는가 보네."

시야를 어지럽히는 연검의 궤적만큼이나 귓가를 먹먹하게 하는 음성이었다.

모용기가 얼굴을 찡그렸다.

"젠장! 이 할망구가 치사하게!"

월향의 과장된 목소리 속에 감춰진 내력.

당장은 귓가가 먹먹한 정도였지만 시간이 지나 그것이 쌓이면 피를 토할지도 모를 정도로 치명적이었다.

모용기가 급하게 내력을 끌어올렸다.

무시무시한 속도로 솟구쳐 오른 내력이 눈 한 번 깜빡하기 전에 일주천을 마쳤다.

귀가 탁 트이는 느낌이 들며 급격히 나아진 모용기의 얼굴에 월향이 눈을 깜빡거렸다.

가볍게 찔러본 것이라고는 하나 빨라도 너무 빨랐기 때문이다.

"어? 벌써?"

"그럼 피라도 토했어야 했어? 할망구가 꿈도 야무지네."

모용기가 월향을 노려보며 쏘아붙이자 그녀는 놀라던 것도 잊은 채 발끈한 얼굴을 했다.

"누나라니까!"

하늘하늘한 검이 어지럽게 휘어져 들어왔다.

그러나 까다로운 것도 한두 번이다.

모용기는 더는 물러서지 않고 쭉 검을 뻗어 냈다.

검 끝이 웅웅거리며 잘게 흔들렸다.

그리고 마주한 월향의 연검.

타다닥 소리가 나더니 물결치듯 흔들리던 월향의 연검이 휙 돌아갔다.

"어?"

처음으로 자신의 검이 밀린 탓에 월향이 움찔하며 뒷걸음질 쳤다.

모용기는 미소를 머금은 채 월향에게 따라붙으며 검을

찔러 넣었다.

"그 정도로 놀라기는. 산전수전 다 겪은 할망구가 말이야."

"이! 누나라고, 누나!"

"누나는 개뿔. 사람이 양심이 있어야지. 턱살, 볼살 축축 처지는 주제에 누나는 무슨. 얼씨구? 흘러내리겠네. 흘러내리겠어."

"무, 무슨! 내, 내가 어딜 봐서……!"

"어딜 보긴 할매 얼굴 봤지. 면경을 봐. 그럼 알 거 아냐."

"아니라고! 오늘 아침에 봤는데 그런 거 없었거든!"

"아닌데. 그럴 리가 없는데."

타다닥 연검을 쳐내던 모용기가 한 걸음 물러서며 고개를 갸웃거렸다. 그리고는 이내 무언가 알겠다는 얼굴로 손가락을 딱하고 튕겼다.

"어젯밤에 뭐 먹고 잤어? 얼굴이 땡땡 불었나 보지. 얼마나 땡땡 불었으면 볼살 처진 것도 모를 정도로 붓는 거야? 아, 아니지. 할매 그거 조심해야 할걸? 보통 나이가 들면 피가 안 통해서 잘 붓는다던데, 그러다가 한 방에 훅 간다고 하더라고."

월향이 얼굴을 와락 일그러트린 채 입술을 부들부들 떨었다.

"너, 이…… 이……!"

멀찌감치 떨어져서 넋을 놓고 쳐다보고 있던 양노가 음노를 툭툭 쳤다.

"저 자식이 난놈은 난놈인가 보군. 월향 저 할망구 저러다가 칼질하는 게 아니라 혈압 올라 죽겠어."

음노는 할 말이 없는지 끙 하고 앓는 소리를 냈다.

그 때 모용기의 귀가 쫑긋했다,

모용기가 헤실헤실 웃으며 음양이로를 힐끔 쳐다보더니 월향에게 말했다.

"할매. 저 할배들이 할매 혈압 걱정하는데? 할매랑 꽤나 친한가 봐."

그 순간 모용기를 씹어 먹을 듯이 노려보고 있던 월향의 눈초리가 음양이로에게 휙 돌아갔다.

"이 늙은이들이! 난 그런 거 없다고!"

양노가 움찔하며 물러섰다.

"아, 아니. 난 그런 게 아니고……."

음노가 한숨을 폭 쉬었다.

"지금 이럴 때가 아니고."

그리고는 모용기를 향해 턱짓을 했다.

"일단 저 녀석부터 잡자고. 그게 더 급하니까."

월향은 여전히 분이 풀리지 않는다는 듯이 음양이로를 무시무시한 눈으로 노려봤다.

그러나 일에는 선후가 있다.

37

모용기를 잡는 것이 먼저라는 것을 충분히 알고 있던 월
향이 어쩔 수 없다는 얼굴로 시선을 돌리는 순간.

모용기가 휙 몸을 날렸다.

"어? 너……!"

멀찌감치 물러서 있던 일반무사들, 다시 그 속으로 파고
들려는 것이다.

월향이 급하게 바닥을 찍었다.

"너 거기 안 서!"

왕진이 나선 탓에 간신히 끄집어 낸 것이다.

다시 꺼내려면 만만치 않다.

'어떻게든 파고들기 전에……'

그러나 월향의 생각보다 더 빠른 것이 모용기였다.

단번에 무사들 사이로 파고든 모용기가 다시 난장판을
만들려 했다.

"잠깐 쉬었지? 다시 놀아 보자고."

"어? 자, 잠깐!"

"오, 오지 마!"

주춤주춤 물러서는 무사들.

그 한가운데서 히죽히죽 웃음을 보이는 모용기.

한 걸음 떨어져 있던 월향이 입술을 꼭 깨물 때 누군가
그녀의 어깨를 툭 쳤다.

"어? 음노?"

"일단 잡지."

"하지만 저 녀석이……."

"어쩔 수 없지. 조금 피해가 있더라도 저 녀석을 빨리 제압하는 것이 피해를 줄이는 길일 테니까."

월향이 끙 하고 앓는 소리를 내더니 힐끔 뒤를 돌아봤다.

멀찌감치 떨어져 있던 조고가 작게 고개를 끄덕였다.

그것을 용케 알아본 월향이었다.

월향의 눈동자에 다시금 독기가 피어올랐다.

"이 자식! 진짜 죽인다!"

늦어도 반 시진이라 못을 박았지만 그것이 쉽지 않은 일이라는 것은 명진 역시 잘 알고 있었다.

그것이 제 입으로 말한 시간이 훌쩍 지났어도 여전히 허름한 창고 앞을 지키고 있는 이유였다.

그러나 초조한 감정은 쉽사리 감출 수가 없었다.

멀리서 들려오는 고함 소리와 요란한 병장기 소리, 간간이 터져 나오는 폭음은 모용기의 상황을 고스란히 전해 주고 있었다.

명진이 저도 모르게 아랫입술을 잘근잘근 씹었다.

"제길……."

당장이라도 모용기에게 달려가고 싶은 생각에 눈앞이 어지러울 정도였다. 들불같이 일어나는 생각을 억지로 눌러 담는 것은 고욕이었다.

'아직은 안 돼.'

자신이 자리를 비우면 철무한과 남궁세가, 신응교의 무리는 확실히 죽을 터.

조그마한 충격에도 숨이 끊어지는 가장 위험한 시간이기 때문이다.

그 사실을 누구보다 잘 알고 있던 명진이 거칠게 고개를 저었다.

그리고 멀리서 들려오는 소리를 위안 삼아 억지로 마음을 달랬다.

어찌되었건 소리가 들려온다는 것은 모용기가 여전히 살아 있다는 것을 의미했기 때문이다.

'참자. 참자.'

그리고 명진의 그러한 판단이 틀리지 않았다는 것을 증명이라도 하듯이 멀리서 몇몇 발자국 소리가 울리기 시작했다.

그 소리에 반응해 저도 모르게 심각한 얼굴을 하던 명진은 이내 얼굴을 고치며 자세를 바로 했다.

오래지 않아 발자국 소리가 점점 커지며 노인과 아이 두 사람이 모습을 드러냈다.

명진이 딱딱한 얼굴로 검병을 잡아갔다.

"누, 누구……."

"어라? 왜 혼자 있어? 진짜 개판이구만."

노인이 먼저 혀를 찼다.

그 뒤를 이어 명진의 가슴에나 닿을 정도의 자그마한 아이가 촐랑거리며 앞으로 나섰다.

"내 말이. 아무리 경험이 없다 해도 그렇지 무인들을 수십이나 잡아 두고 고작 하나라니…… 미쳤네, 미쳤어."

그리고는 휙 손을 내저었다.

무형의 기운이 훅 몰아치며 명진을 압박했다.

"흡!"

급하게 숨을 들이켜던 명진이 번쩍 검을 뽑아 휙 그어 내렸다.

그와 동시에 스르륵 흩어져 내리는 무형의 기운.

제 기운이 흩어지는 것을 느낀 아이가 눈을 동그랗게 떴다.

"어라? 요놈 봐라?"

그리고는 호기심이 가득한 눈으로 명진을 요리조리 훑어봤다.

"요거, 요거 보통 놈이 아닌데?"

"그러게. 죄다 어리숙한 놈들이라 생각했더니 꼭 그런 것만도 아니었군, 그래."

노인 역시 명진을 쳐다보며 고개를 끄덕였다. 그러나 이내 흥미를 잃은 눈으로 명진을 쳐다보며 심드렁한 목소리를 냈다.

"그건 됐고…… 비키거라. 얼른 처리하고 가야 하니까."

명진이 노인을 쳐다봤다.

"처리하다니? 무슨……."

그러자 아이가 촐랑거리며 다시 끼어들었다.

"뭐긴 뭐겠어? 신용교와 남궁세가의 떨거지들 말이지. 비켜. 빨리 처리하고 가게."

아이가 손을 뻗어 명진을 밀치려 했다. 그러나 명진이 검을 들어 자신의 손을 밀어내는 통에 원하는 바를 이루지 못했다.

검날을 피해 잽싸게 손을 뺀 아이가 눈썹을 꿈틀했다.

"이 새끼가……."

아이를 중심으로 무언가 훅 일어나는 듯한 느낌이 들었다. 그러나 그것은 단순한 느낌으로 그치지 않았다. 공간이 일그러져 보일 정도로 강대한 무형의 기운.

명진이 저도 모르게 침음성을 흘렸다.

"으으음…… 내가 고수."

그것도 자신이 일전에 본 적이 없을 정도로 엄청난 고수라는 것을 단번에 알아볼 수 있었다.

조금은 어두워진 명진의 기색에도 아이는 여전히 눈을

번들거리며 한 걸음 걸어 나왔다.

"그걸 이제 알아봤어? 근데 이걸 어쩌나? 이미 늦었어, 이
새…… 어?"

그 순간 아이의 어깨를 툭 짚는 노인의 손길.

그 손길의 의미를 알고 있던 아이가 심술이 난 얼굴로 노
인을 돌아봤다.

"왜? 또 말리게?"

"저 나이에 저 정도면 저들도 심혈을 기울여 키워 낸 놈
인 것 같은데, 괜히 골치 아플 일을 할 필요는 없지."

"하지만 저 자식이 안 비키잖아."

"그거야 네가 무작정 윽박지르기만 하니까 그런 거고."

"아닌데…… 저 자식 이상한데……."

"아니라니까. 일단 물러서 보거라. 내가 말 좀 해 볼 테
니."

노인이 아이를 향해 허허롭게 웃더니, 명진을 향할 때는
여전히 심드렁한 눈이었다.

"위에서 내려온 명령이다."

"……명령?"

"그렇다. 다 죽이라는 명령이다. 그러니 비키거라."

"그, 그런……."

명진이 당황한 얼굴을 했다.

노인이 고개를 갸웃거리며 의문을 표했다.

"뭘 그렇게 놀라나? 어차피 결정되어 있었던 것을……
비키거나…… 어?"

노인이 명진을 스쳐 지나가려는 순간 쉭 하고 뻗어 나오
는 섬광.

한 걸음 물러서는 것으로 그 섬광을 피해 낸 노인이 명진
을 쳐다보며 눈매를 좁혔다.

"너 뭐냐?"

그러나 명진은 새하얀 검신을 앞에 세우는 것으로 대답
을 대신했다.

"이, 이놈 이거……."

노인이 얼굴을 찌푸리려는 순간.

아이가 다시 촐랑거리는 걸음으로 앞으로 나섰다.

"거봐, 이 자식 아무래도 이상하다니까."

그리고는 이전처럼 손을 획 내저었다.

그러나 그 손짓의 의미는 이전과는 전혀 달랐다.

그리고 명진은 반사적으로 검을 내리그으려 한 이후에야
그것을 알아볼 수 있었다.

"이, 이런!"

이전보다 확연히 무거워진 기운.

무언가 단단히 응축된 그것에 명진의 검이 나아가지 못
하고 뒤로 쭉 밀려났다.

그리고 그것은 명진 역시 마찬가지였다.

두 갈래 긴 선을 그리며 힘없이 밀려나는 명진

쾅!

거센 충격에 허름한 창고 전체가 우르르 흔들리는 듯한 느낌이 들 정도였다.

"큭!"

충격의 여파로 양팔이 부들부들 떨려 왔다.

내상을 입은 것인지 무언가 울컥 치솟아 오르려는 것을 간신히 삼켜 냈다.

눈앞이 흐릿해지는 느낌은 이를 아드득 소리가 나도록 꽉 무는 것으로 해결했다.

억지로 검을 다시 드는 명진을 보며 아이가 입을 헤벌렸다.

"와, 그걸 버텼어? 그 나이에 쉽지 않을 텐데."

노인 역시 고개를 끄덕였다.

"글쎄 말이다. 이거 아무리 봐도 어중이떠중이는 아닌 것 같은데……."

노인의 말에 아이가 눈을 반짝였다.

"네가 봐도 그렇지? 잡아가면 뭐라도 떨어지겠지?"

"아무래도."

노인이 고개를 끄덕이자 아이가 명진을 쳐다보며 헤실거렸다.

"그럼 저 자식은 잡는 걸로 하고."

그 순간 창고의 낡은 문짝이 끼이익 소리를 내며 활짝 열렸다.

그리고 발끝부터 조금씩 내미는가 싶더니 이내 거대한 덩치를 모조리 드러내는 철무한.

철무한이 하나의 노인과 하나의 아이를 보며 고개를 갸웃거렸다.

"저것들은 또 뭐냐?"

명진이 철무한에게 힐끔 시선을 던졌다.

"늦었다."

덤덤한 말투였지만 질책하는 기색이 어려 있었다.

용케 그것을 알아본 철무한이 어색하게 웃음을 보였다.

"이게 잘 안 되더라고. 생각보다 약이 독해서."

그리고는 노인과 아이를 힐끔거리며 철무한이 말했다.

"그런데 누구야, 저것들은?"

그러나 철무한과 같은 입장이었던 탓에 입을 다무는 명진이었다.

그를 대신해 철무한의 의문을 풀어 준 목소리가 있었으니, 바로 안호석이었다.

"조문홍, 위일청."

철무한이 시선을 돌려 안호석을 쳐다봤다.

"아십니까, 숙부님?"

"알지. 아주 잘 알지. 내가 처음 강호에 나갔을 때 악명 높은 마두들이었으니까. 어디 보자, 한 이십 년 좀 더 되었나?"

안호석의 말에 철무한이 당황한 얼굴을 했다.

"이십 년이요? 쟤는 아직 어려 보이는데?"

철무한이 말도 안 된다는 얼굴로 아이를 힐끔거렸다.

그러나 안호석은 고개를 저었다.

"겉모습으로만 판단하면 안 되지. 저래 보여도 육십은 훌쩍 넘은 늙은이니까. 조문홍, 저놈은 내 아버님과 같은 연배라고 봐도 무방하다."

"진짜입니까? 헐……."

철무한이 기가 차다는 얼굴로 헛웃음을 흘렸다.

앳된 얼굴을 한 아이, 조문홍이 노인 위일청을 쳐다봤다.

"이거 우리를 아는 놈이 있었네."

"그러게나 말이다. 시간이 꽤 흘렀는데."

위일청이 곤란하다는 얼굴을 했다.

그러나 조문홍은 그보다는 기분이 나쁘다는 것이 먼저였다.

"근데…… 우리를 알면서도 반말을 찍찍 한다 이거지? 내가 이래서 사파 놈들을 싫어한다니까. 배분 따위는 개나 줘 버린 못 배워 처먹은 새끼들."

조문홍은 잔뜩 심통이 난 얼굴이었다.

그 모습을 보고 철무한이 얼굴을 찡그렸다.

"거, 같은 사파끼리 한다는 말이……."

"누가 사파래?"

조문홍의 말에 철무한이 눈을 동그랗게 떴다.

"어? 아니야?"

그리고 이번에도 안호석이 대신 의문을 풀어 줬다.

"둘 다 섬서 낙류장 출신이다."

"낙류장…… 입니까?"

알지 못하는 곳이다. 그러나 한 가지는 확실했다.

철무한이 명진을 쳐다봤다.

"아무래도 정무맹 쪽인 것 같은데, 너 알아?"

"모른다."

명진이 단호하게 고개를 저었다.

철무한이 얼굴을 찌푸리며 한마디 하려 할 때 안호석이
다시 끼어들었다.

"그럴 것 없다. 너희들이 태어나기도 전에 사라진 곳이니
까."

"사라져? 왜 그렇습니까?"

철무한의 물음에 안호석이 조문홍과 위일청을 힐끔 쳐다
보며 말했다.

"저들이 다 죽였으니까. 개미새끼 한 마리 남겨 두지 않
았지."

"무, 무슨……!"

철무한은 한껏 동요한 기색이었다.

철무한만이 아니다. 이제껏 별다른 기색을 보이지 않던 명진마저도 흠칫 어깨를 떨 정도였다.

제 출신 문파를 한둘도 아니고 아예 지워 버린다는 것이 보통 독심으로는 가능한 일이 아니기 때문이다.

그러나 안호석은 더 이상 철무한의 의문을 풀어 줄 생각이 없는지 고개를 저었다.

"너희들은 먼저 가 보거라. 급하다고 하지 않았나?"

"그렇긴 한데……."

철무한은 어딘가 미련이 가득해 보이는 얼굴로 안호석과 조문홍, 위일청을 번갈아 쳐다봤다.

그들이 하는 짓을 보고 조문홍이 어이가 없다는 얼굴로 고개를 절레절레 젓고 있는데 위일청이 픽 웃음을 보였다.

"이름이 뭔지는 모르겠다만 저 어린놈도 아는 게지. 네놈이 주제넘은 짓을 하고 있다는 것을 말이야. 네놈 혼자 우리를 상대하겠다고? 아서라, 이놈아."

한껏 비웃음을 품은 목소리.

그러나 안호석은 여전히 담담한 얼굴이었다.

"누가 혼자라고 했나?"

"응? 아냐?"

안호석의 말에 위일청이 의문을 품었다.

그 순간 안호석의 뒤에서 들려오는 목소리.

"이거 참 창피해서…… 신응교주는 그렇다 치고, 아직

49

약관에 이르지도 못한 애송이보다도 느려서야…… 정말 은 퇴할 때가 된 건가?'

남궁진우가 고개를 절레절레 저으며 모습을 드러냈다.

안호석이 픽 웃음을 보이며 철무한의 등을 탕 하고 쳤다.

"윽……."

"우리 패천성의 보물이지."

어처구니없다는 얼굴을 하던 남궁진우가 문득 명진을 쳐다봤다.

그러나 여전히 영 마뜩찮다는 얼굴이었다.

남궁진우가 다시 고개를 휘휘 저었다.

"되었다. 그보다 낙류장의 마두들이라…… 저들을 잡으면 체면치레는 할 수 있겠군."

절강에 들어서서 한껏 날아오르던 창룡이 땅바닥으로 추락할 뻔했다.

신응을 먹이 삼아 다시 날아오르기엔 현실이 녹록치 않다는 것을 누구보다 잘 알고 있었다.

다시 하늘을 날려면 오랜 세월이 필요할 것이라 생각했는데 때마침 나타난 조문홍과 위일청.

창룡이 다시 하늘을 날게 만들기에 충분하다 못해 넘칠 정도의 재물이었다.

남궁진우가 자신의 역할을 드디어 찾았다는 듯 얼굴에 생기가 돋아났다.

그리고 그 모습을 본 위일청은 한숨을 푹 내쉬었다.

"요즘 애들은 겁이 없나 봐? 우리를 알고도 저딴 태도를 보이는 걸 보면."

"내 말이. 이럴 줄 알았으면 간간이 얼굴이라도 보일 걸 그랬나? 너무 시간이 흘렀어. 고작 둘로 저러는 걸 보면."

그 때 남궁진우가 목소리를 내며 조문홍의 말을 끊었다.

"누가 둘이라고 했나?"

"응?"

조문홍이 의문을 표하기가 무섭게 남궁서현과 악노일이 모습을 드러냈다.

조문홍이 떨떠름한 눈으로 위일청을 쳐다봤다.

"얼마나 잡아 뒀다고 했었지?"

"서른? 마흔?"

조문홍이 얼굴을 찡그렸다.

"그럼 이러고 있을 때가 아니네?"

그 순간 조문홍의 주변으로 기파가 훅 퍼지는가 싶더니 흙먼지가 우수수 피어올랐다.

그에 반응한 명진이 한 걸음 앞으로 나서며 검을 내리그 으려는 순간.

그보다 먼저 남궁진우의 검이 불쑥 튀어나오더니 자욱하게 피어오른 흙먼지를 말 그대로 찍어 눌러 버렸다.

푸홧 하는 소리와 함께 단번에 흩어지는 흙먼지들.

51

다시금 모습을 드러낸 조문흥이 재밌다는 얼굴을 했다.

"오호, 요놈 봐라?"

그러나 철무한의 시선은 다른 곳으로 향했다.

"다른 놈은…… 어?"

철무한이 말을 끝내기도 전에 불쑥 솟아오르는 그림자.

쾅!

격한 폭음이 터져 나오더니 지붕 위에서 위일청과 안호석이 일권과 일수를 맞댄 채 대치하고 있는 모습이었다.

안호석이 철무한을 쳐다보지도 않고 으르렁거리듯 말했다.

"가라."

"어? 하지만……."

그 때 남궁진우가 철무한의 어깨를 툭 쳤다.

"저 친구 말 들어. 아직은 어린애들이 걱정해야 할 정도로 우리가 호락호락하지는 않으니까 말이다."

그리고는 철무한을 밀쳐내며 쭉 뻗어 나갔다.

순식간에 두 개의 신형이 어지럽게 어우러지더니 요란한 폭음이 터져 나왔다.

철무한이 난처하다는 얼굴로 안호석과 남궁진우를 번갈아 쳐다보는데, 명진이 그의 팔을 잡아끌었다.

"가자."

"하지만……."

이번에는 남궁서현이 나서며 고개를 저었다.

"가라. 여긴 너희가 없어도 충분하다."

그러나 여전히 망설이는 듯한 얼굴의 철무한.

명진은 여전히 무표정한 얼굴로 입을 열었다.

"이러다 진짜 기아 죽는다."

그리고는 더 이상 철무한에게 미련을 두지 않은 채 휙 몸을 날렸다.

철무한이 얼굴을 찡그렸다.

"젠장!"

그러나 곧 고개를 휘휘 젓더니 마지막으로 악노일을 쳐다봤다.

"부탁합니다."

"걱정하지 마십시오."

악노일의 단단한 얼굴에 철무한이 고개를 끄덕이더니 곧바로 휙 몸을 날렸다.

"야, 인마! 같이 가!"

순식간에 두 점으로 멀어지는 명진과 철무한의 뒷모습에 남궁서현이 딱딱한 얼굴을 했다.

"명진과 철무한이라……."

그러나 남궁서현은 이내 둘에게서 관심을 끊어 냈다.

기세 좋게 덤벼들던 처음과는 달리 순식간에 형편없이 밀리고 있는 남궁진우와 안호석.

지금은 이쪽이 먼저였다.

남궁서현이 악노일을 쳐다봤다.

"우리도 가지."

악노일이 고개를 끄덕이기가 무섭게 갈라지는 두 개의
그림자.

그중 하나인 남궁서현이 큭 하며 밀려나는 남궁진우의
머리 위를 뛰어넘으며 검을 쭉 뻗어 냈다.

"물러서라!"

쾅!

참룡
회귀록

斬龍回歸錄

58 章.

앞서 나가던 명진의 신형이 한순간 뚝 떨어져 내렸다.

"응?"

고개를 갸웃거리던 철무한이 명진의 뒤를 따라 지붕 위로 내려서며 명진을 쳐다봤다.

"왜 그래?"

그러나 명진은 넋이 나간 얼굴을 할 뿐 아무런 대꾸도 하지 않았다.

얼굴을 찌푸리며 무심코 명진의 시선을 따라가던 철무한이 한순간 입을 쩍 벌렸다.

"저…… 저……!"

시야를 가득 메울 정도로 무수히 쏟아져 나오는 검광.

모용기의 손에서 눈으로 따라가기도 힘들 정도로 번뜩이는 검광이 무수히 쏟아져 나오고 있었다.

흡사 거대한 빛무리에 둘러싸인 듯한 모용기의 모습에 철무한이 믿을 수 없다는 얼굴을 했다.

"저 자식 대체 뭐야? 대체 어떻게 생겨 먹은 녀석이길래……."

철무한이 여전히 입을 다물지 못했다. 명진 역시 아직도 넋이 나간 얼굴이었다.

앞서 모용기가 싸우는 모습을 봤을 때만 해도 그는 다른 고수들처럼 막대한 기운으로 상대를 찍어 누르는 것을 선호하지 않았다. 검기조차 자주 내보이지 않아 날카로움도 부족해 보였다. 또한 제대로 된 초식조차 선보이지 않는 탓에 화려하게 보이지도 않았다.

하나 지금은 그 누구보다도 살벌하게 검을 쏟아 내고 있었다.

끊임없이 움직이며 몸과 몸, 검과 검의 싸움을 이끌어 내는 모용기.

그가 스쳐 지나간 자리에는 여지없이 피분수가 치솟아 오르며 끔직한 피류음과 처절한 비명 소리가 뒤따랐다.

그나마 월향과 음양이로가 버티고 섰기에 아직 대형이 무너지지 않은 것이다.

그러나 월향과 음양이로조차 일반 무사들 사이에 몸을

숨긴 채 모용기에게 다가서지 못하는 것은 마찬가지였다. 간간이 손을 써 완전히 무너지지 않도록 버티는 것이 고작이었다.

그 때 이제껏 멍한 얼굴을 하고 있던 왕진이 갑자기 악다구니를 쓰기 시작했다.

"뭐, 뭐 해? 죽여! 죽이라고!"

그 소리에 번쩍 정신이 든 조고가 흔들리는 눈으로 담재선을 찾았다.

"다, 담 무사……."

담재선은 여전히 뒷짐을 쥔 채 고개를 저었다.

"내가 나섰다가 저 녀석이 갑자기 이쪽으로 뛰기라도 하면 누가 당신들을 보호할 수 있지?"

"그, 그거야……."

조고의 시선이 주위의 무사들을 찾았다.

그러나 담재선은 다시 한 번 고개를 저었다.

"기대하지 마. 나 아니면 아무도 못 막아."

담재선의 확정적인 말에 조고가 입을 헙 하고 다물었다.

그리고 다시 모용기에게로 시선을 두는 담재선.

그가 이해할 수 없다는 얼굴로 미간을 좁혔다.

다른 이들과는 다른 것을 볼 눈이 있었기 때문이다.

'그런데 왜 저런 식으로 싸우지?'

자신과 맞상대할 정도로 내력이 깊은 모용기였다.

그 정도의 내력이면 굳이 저렇게 몸을 쓰지 않더라도 더 쉽고 간단하게 같은 일을 할 수 있었다.

'이 상황에서 내력을 아끼겠다는 건가?'

문득 든 생각에 고개를 갸웃거리던 담재선은 이내 그 생각을 털어 냈다.

내력이 떨어지나 체력이 떨어지나 죽는 것은 매한가지이기 때문이다.

좀 더 효율적으로 싸우는 것이 중요하다.

담재선이 보기에는 모용기의 방식은 비효율적이었다.

'……혹시 기를 꺾으려?'

왕진과 조고, 심지어 월향과 음양이로까지 질린 얼굴을 하는 것으로 봐서는 잘 먹히긴 했다. 그러나 자신이 작정하고 내력을 쓰면 단 한순간에 비슷한 것을 할 수 있다는 생각이다. 여전히 비효율적인 움직임이었다.

몇 가지 더 떠오르는 것이 있었지만 조금만 생각을 더 해 보면 죄다 설득력이 없어 보였다. 여전히 이해할 수 없다는 얼굴을 하던 담재선은 마지막으로 떠오르는 생각에 눈을 크게 떴다.

'설마…… 저렇게 싸우는 것밖에 모르는 것인가?'

그 순간 모용기와의 첫 만남부터 시작된 두어 번의 싸움이 순차적으로 눈앞을 스쳐 지나갔다.

날카로운 검기를 지니고 있으면서도 자신을 견제하는 것

이외에는 전혀 활용하지 못하던, 일단 거리를 좁히고 싸움을 시작하는 모용기의 방식은 철저히 계산된 것이라는 것을 그제야 알 수 있었다.

비로소 납득할 만한 이유를 찾은 담재선이 저도 모르게 헛웃음을 흘렸다.

"허…… 그놈 참……."

선례를 찾아보기가 불가능할 정도로 기형적으로 성장한 녀석이었다.

그 끝이 어딜까 내심 궁금하기도 했다.

그러려면 일단 이 자리를 벗어나는 것이 중요하다.

그러나 그것은 아주 어려운 일일 것이다.

담장 위에서 주변과 동화된 듯 전혀 존재감을 드러내지 않은 채 호기심이 가득한 눈으로 모용기의 움직임을 쫓고 있는 서생 차림의 청년이 바로 그 이유였다.

담재선이 쯧 하고 혀를 찼다.

'저 녀석에게 보여 주면 안 되는 것을……'

담재선이 고수들이 가득한 황궁에서도 유일하게 자신과 맞상대할 수 있다 인정한 인물이었다.

자신이 본 것을 그가 보지 못했을 거라 생각하는 것은 어리석은 짓이다.

원하는 판을 짜고 적을 상대하는 모용기의 의도는 칭찬할 만했지만, 그의 존재를 눈치 채지 못하고 싸움을 길게

끌고 간 것은 명백한 실책이었다.

몰랐다면 반반의 싸움이지만 이미 본 이상 무게추가 한쪽으로 쏠리기 때문이다.

담재선이 슬며시 시선을 들어 정신을 놓고 모용기의 움직임을 쫓는 명진과 철무한의 신형을 찾았다.

그러나 담재선은 그마저도 고개를 젓고 말았다.

'저 녀석들로는 무리고……'

담재선이 자연스럽게 시선을 틀어 여전히 바락바락 소리를 지르고 있는 왕진을 쳐다봤다.

'일단 이 녀석이라도 잡아야 하나? 하지만 저 녀석이 우리 설아를 낫게 한다는 확신이 없으니……'

이마에 주름을 잡은 채 심각하게 고민하던 담재선.

그러나 문득 느껴지는 이질적인 감각에 흠칫하며 고개를 들었다.

그리고 마주한 서생 차림의 청년.

그가 기묘한 미소를 지은 채 담재선과 한동안 시선을 맞추더니 어느 순간 스르륵 흩어지듯 신형을 감춰 버렸다.

"응?"

저도 모르게 의문으로 가득한 목소리가 튀어나오자 조고가 불안감이 가득한 눈으로 쳐다봤다.

"왜? 왜?"

"아닐세. 아무것도…… 응?"

휘휘 고개를 젓던 담재선이 또다시 의문을 표하며 고개를 돌렸다.

그리고 그 시선을 따라가던 조고는 헐레벌떡 뛰어오는 무사 하나를 발견하고는 고개를 갸웃거렸다.

"무슨 일이냐?"

"그, 그게……."

급하게 거리를 좁힌 무사는 슬쩍 담재선의 눈치를 보더니 조고의 옆에 찰싹 달라붙어 무언가를 속닥거렸다.

제 딴에는 꽤나 신경을 쓰는 모양새였지만 담재선 정도의 고수가 그것을 놓칠 리가 없었다.

그리고 다시금 모용기에게 시선을 돌린 담재선의 얼굴이 조금은 편안해졌다.

'아직 죽을 팔자는 아닌가 보군.'

그 순간 장내로 날아드는 두 개의 그림자.

쾅 하는 소리와 함께 모든 이의 시선을 강제로 잡아끌었다.

월향이 저도 모르게 뾰족하게 소리를 냈다.

"뭐, 뭐야 이건 또!"

그 의문에 대답이라도 해 주려는 듯 자욱하게 피어오른 흙먼지 사이에서 벌써부터 양손에 강렬한 빛을 두른 철영강과 한눈에 보기에도 단단해 보이는 목봉을 움켜쥔 홍소천이 걸어 나왔다.

굳게 입을 다물고 있는 철영강을 대신하기라도 하듯 홍소천이 콰 하고 목봉으로 바닥을 찍으며 소리를 높였다.

"이 빌어먹지도 못할 놈들이! 내 비록 사람을 죽이는 것을 좋아하지는 않는다만, 오늘만큼은 눈을 감아야겠다. 내 손으로 그 녀석의 복수를……."

홍소천이 이를 갈며 으르렁거릴 때 익숙한 목소리가 들려오며 그의 말을 끊었다.

"그 녀석 누구요?"

"으응?"

그제야 홍소천의 시선에 들어온, 온몸에 피칠갑을 하고 있던 한 사람의 신형.

홍소천이 눈을 동그랗게 떴다.

모용기가 의아하다는 얼굴로 고개를 갸웃거렸다.

"누가 죽었어요? 나도 아는 사람?"

홍소천이 저도 모르게 입을 쩍 벌리며 손가락질을 했다.

"너…… 너……!"

철영강도 말만 없을 뿐 홍소천과 비슷한 얼굴이었다.

"뭐예요, 갑자기? 왜 손가락질을…… 어라?"

영문을 모르겠다는 얼굴을 하던 모용기가 문득 시선을 돌렸다.

그리고 담장 위로 툭툭 떨어져 내리는 십여 개의 그림자.

그중 하나였던 당화기가 모용기를 알아보고는 반색을 했다.

"이 녀석! 무사했구나!"

"어라? 당 장로님? 장로님이 여긴 어쩐 일이에요?"

"어쩐 일이긴 이 녀석아. 네 녀석 찾으러 왔지. 그런데……."

모용기가 무사한 것을 확인하고는 환한 얼굴을 하던 당화기가 어느새 딱딱하게 표정을 굳혔다.

모용기가 고개를 갸웃거렸다.

"왜요? 무슨 문제라도 있어요?"

"그걸 몰라서 묻는 거냐? 네 녀석 피가……."

"피? 아, 이거요? 이거 내 피 아니에…… 윽!"

여느 때처럼 고개를 저으려던 모용기는 순간 전신을 짜르르 울리는 격통에 저도 모르게 신음성을 흘리며 비틀거렸다.

"어? 이게 뭐야? 이게…… 큭!"

제 몸을 더듬더듬 더듬던 모용기는 어딜 어떻게 건드렸는지 격하게 숨을 들이켰다.

크고 작은 상처로 가득한 자신의 몸.

이제껏 다른 이의 피인 줄로만 알았으나, 그 안에 제 피가 상당수 섞여 있다는 것을 그제야 알 수 있었다.

"이, 이게 뭐야? 어떤 새끼가 내 몸에 칼질했어! 사람이 잠깐 생각하는데 치사하게!"

와락 얼굴을 구기며 주위를 둘러보는 모용기.

그와 동시에 그들 둘러싸고 있던 무사들이 흠칫하며 일제히 한 걸음 물러섰다.

"어라? 저것들은 또 왜 저래? 내가 잠깐 생각하는 사이에 무슨 일이라도…… 아, 아니지. 그거 해 봐야 얼마 되지도 않는데…… 어라? 그러고 보니까 내가 뭘 하고 있었지? 저 할망구랑……."

"누나아!"

월향이 뾰족한 목소리로 모용기의 혼잣말을 끊었다.

그러나 모용기가 인상을 쓰며 노려보자 흠칫하며 무사들 사이로 몸을 숨겨 그의 시선을 피했다.

못마땅하다는 눈으로 월향을 숨긴 무사들을 노려보던 모용기는 이내 고개를 휘휘 저으며 제 생각을 이어 갔다.

"어쨌든 저 할망구랑 칼질한 건 기억나는데, 그 다음은 내가 뭘 했더라?"

그 와중에도 누나를 외치는 월향의 목소리가 작게 들려왔다.

담재선이 멍청한 얼굴을 하고 있는 모용기를 쳐다보며 쯧 하고 혀를 찼다.

'어째 제 몸 돌보지도 않고 정신 나간 듯이 싸운다 했더니…….'

실제로 정신을 놓았던 것이다.

그것을 알아보기가 무섭게 공존할 수 없는 두 가지의 감정이 동시에 찾아왔다.

양립할 수 없는, 상반된 감정에 복잡한 얼굴을 하던 담재선이었으나 오래지 않아 고개를 젓고 말았다.

아직은 자신이 모용기를 통제할 수 있어야 했다.

"다, 담 무사."

가늘게 늘어지면서도 용케 끊어지지 않는 조고의 목소리.

하여 생각을 떨쳐낸 그의 시선으로 한껏 흔들리는 조고의 두 눈이 들어왔다.

자신의 중심으로 몰려든 무사들의 마음을 대변하기라도 하듯 그의 두 눈은 두려움으로 가득했다.

왕진 역시 몸을 한껏 움츠린 채 간절한 얼굴을 하고 있을 뿐이다.

"월향. 음노, 양노."

담재선의 부름에 월향과 음양이로가 동시에 시선을 돌렸다. 그러나 그들의 두 눈에도 다른 이들과 마찬가지의 감정이 엿보였다.

이래서는 평상시 실력의 반도 발휘하기가 어려울 터. 결국 짐만 될 뿐이다.

그것을 알아본 담재선이 얼굴을 찡그리더니 고개를 저었다.

"됐다. 나 혼자 하지."

그리고 홀로 앞으로 나서는 담재선.

멍청한 얼굴로 중얼거리는 모용기를 힐끔 쳐다본 그는 이내 담장 위에 선 채 각기 다른 모습을 보이는 두 사내를 번갈아 쳐다봤다.

무표정한 얼굴의 철자강.

무사들 사이의 월향을 쫓으며 이를 가는 진산.

담재선이 목소리를 내어 그들의 시선을 잡아끌었다.

"내가 할 말이 있는데."

와락 얼굴을 구기는 진산에 앞서 철자강이 얼른 담재선의 말을 받았다.

"뭔가?"

"다른 게 아니고, 이제 그만 가야겠다고."

담담하게 말하는 담재선의 모습에 일순 할 말을 잃었는지 철자강이 기가 차다는 얼굴을 했다. 그 틈을 놓치지 않고 진산이 버럭 소리를 질렀다.

"이놈! 그걸 지금 말이라고 하는 것이냐! 감히 여기가 어디라고!"

잔뜩 내력을 머금은 목소리가 쩌렁쩌렁 울려 퍼졌다.

귓가를 맴돌며 웅웅거리는 통에 내력이 약한 무사들은 물론이고 음양이로마저도 얼굴을 찌푸릴 정도였다.

그러나 담재선은 여전히 별다른 동요가 없는 모습이었다.

"여기가 어딘데?"

"어? 그러니까……."

예기치 못한 질문에 한순간 할 말이 궁해진 진산.

그의 두 눈동자가 방향을 잃은 채 거칠게 흔들리며 방황했다.

그러나 이내 또렷하게 초점을 잡은 눈으로 담재선을 다시 노려봤다.

"그게 중요한 게 아니다! 어찌 되었건 가지 못한다! 내 눈에 흙이 들어가기 전까지는 한 놈도!"

"눈에 흙 넣어 줘? 그러고 가면 되나?"

"뭐, 뭐?"

또다시 방황하는 진산의 눈동자.

담재선이 픽 웃음을 보이더니 모용기를 힐끔 쳐다봤다.

여전히 혼잣말을 중얼거리며 자신만의 세계로 빠져들 준비를 하는 모용기.

그 순간 담재선이 진각을 밟았다.

쿵 하는 소리와 함께 강력한 기파가 물결치듯 뻗어 나갔다.

두껍게 쌓아올린 담장이 부르르 떨릴 정도로 강력한 기파였다.

"어? 자, 잠깐!"

"이, 이 무슨……!"

담재선과 비교적 가까운 거리에 있던 홍소천과 철영강은 물론이고 담장 위에 서 있던 이들조차 휘청거릴 정도였다.

담재선을 쳐다보는 정무맹과 패천성의 고수들의 두 눈에 불신이 어린 것도 순식간이었다.

"마, 말도 안 돼!"

"어디서 이런 고수가……."

그리고 자신만의 세계로 빠져들려던 모용기 역시 강제로 끄집어냈다.

"어? 어? 이건 또 뭐야?"

무방비 상태로 담재선의 기파에 휩쓸려 휘청거리던 모용기는 한순간 검을 휙 그어 담재선의 기파를 흩어 버렸다.

담재선의 신위에 놀랐던 고수들이 이번에는 모용기의 신기에 눈을 동그랗게 떴다.

"어? 저걸 저렇게 쉽게……."

"저게 원래 저렇게 쉬운 거였어?"

그러나 모용기는 그들에게 관심조차 주지 않은 채 와락 얼굴을 구겼다.

"이 아저씨가 진짜! 나 지금 생각하는 거 안 보여? 확 들이받아 버릴까 보다."

크게 힘을 들인 기색을 찾아볼 수 없었음에도 흔적조차 남기지 않은 채 자신의 기파가 소멸하는 것을 생생하게 느낄 수 있었던 담재선.

잠시 미간을 좁히던 그는 이내 고개를 휘휘 저으며 목소리를 냈다.

"그만 가 보겠다. 내 딸은 나중에 찾으러 가겠다."

"어? 아저씨, 가게? 잘 가. 멀리 안 나간다."

그리고는 아예 그 자리에 철퍼덕 주저앉아 버렸다.

담재선이 얼굴을 찌푸렸다.

'생각을 끊은 것이 미안해서 뭐라도 하나 남겨 주려 했더니……'

저래서는 알아듣지도 못할 터.

절레절레 고개를 저은 담재선은 이내 시선을 틀어 진산과 철자강 등을 쳐다봤다.

"이만 가 보겠다."

"그러니까 누구 마음대로!"

바짝 긴장한 기색이었지만, 여전히 순순히 보내 줄 기색을 보이지 않는 진산이었다.

담재선은 진산과 입씨름을 하기보다는 그 너머를 쳐다봤다.

진산이 얼굴을 찌푸렸다.

"지금 어딜 보는……."

"뒤따르는 이들이 많지?"

"어? 그건……."

"나라면 거기부터 신경 쓸 것 같은데."

"그, 그게 무슨!"

그러나 이번에는 다른 곳을 쳐다보며 말을 잇는 담재선이었다.

"저쪽에는 우리가 잡아온 녀석들이 있을 테고."

"어?"

진산이 담재선의 시선이 향한 곳들을 번갈아 쳐다보며 혼란스럽다는 얼굴을 했다.

담재선이 픽 웃으며 마지막으로 말했다.

"다 죽이기 싫으면 빨리 움직이는 게 좋을 거야."

그리고는 휙 몸을 돌려 왕진 등에게 말했다.

"그만 가지."

차마 손을 쓰지 못하는 정무맹과 패천성의 고수들을 뒤에 두고 썰물처럼 빠져나가는 검은 복장의 무리들.

높은 곳에서 그것을 보고 있던 철무한이 한숨을 푹 내쉬며 말했다.

"우리도 내려가자."

그러나 철무한이 발걸음을 옮기기도 전에 그의 팔을 낚아채는 명진이었다.

철무한이 명진을 돌아봤다.

"왜?"

"오늘 일은 비밀이다."

"당연하지. 이걸 어떻게 떠벌리고 다녀? 말해 봐야 믿어 주지도 않을 테고, 믿어 준다 해도 좋은 꼴 보기도 어렵고.
난 걱정 말고 너나 입조심해."

철무한이 축축하게 땀에 젖은 명진의 손길을 휙 뿌리치
고는 훌쩍 몸을 날렸다.

"왔어요?"

조금은 반가운 기색이 묻어나는 담설의 목소리.

그러나 모용기는 귀찮다는 얼굴로 손을 휘휘 내저을 뿐
이었다.

"이건 뭐 차라리 칼질을 하는 게 낫지."

물어볼 것이 있다며 하루 종일 이리저리 끌려 다니는 통
에 진땀을 뺐다.

무엇 하나 제대로 대답해 줄 수 있는 것이 없어서 말을
지어내다 보니 곤욕이었던 것이다.

홍소천, 철자강과 함께 말을 나눈 짧은 시간만이 긴 하루
중에 그나마 유익한 시간이었다.

'알아듣게 말해 뒀으니까 생각이 있으면 섣불리 덤벼들
지는 않겠지.'

심각한 얼굴을 하던 홍소천과 철자강.

예전에도 그랬지만 여전히 말이 잘 통하는 이들이었다.

그들이 버티고 있는 동안은 저들과 전면전을 할 일은 없을 것이다.

그리고 그래야만 했다. 그들마저 움직이기로 마음을 먹는다면 더 이상은 자신이 손을 쓸 수 없는 영역이기 때문이다.

가볍게 고개를 저으며 잡념을 털어 내는 모용기.

그 때 담설이 모용기의 눈치를 보며 슬그머니 말을 붙였다.

"저…… 우리 아빠는?"

"아, 그 아저씨? 괜찮아. 별일 없을 거야."

"안…… 싸웠어요?"

"나서지도 않던데? 나설 이유가 없기도 했고."

모용기의 말에 그제야 안심한 얼굴을 하는 담설이었다. 그러나 이내 조심스러운 얼굴을 하더니 다시금 입을 열었다.

"그, 그럼 이제 어떻게 할……."

"글쎄."

모용기가 잠시 입을 다물며 머리를 굴리는 모습이었다.

담설이 그것을 방해하지 않으려 숨을 죽이려는 순간, 모용기가 얼굴을 찌푸렸다.

"이거 생각 좀 하려니까."

"어? 전 아무것도……."

"아니 너 말고."

모용기가 고개를 젓기 무섭게 방문이 열리더니 철무한과 명진이 불쑥 모습을 드러냈다.

"모용기 이 자식아, 너 대체 어떻게 된 거야?"

밑도 끝도 없는 철무한의 질문에 모용기가 미간을 좁혔다.

"뭐가 또?"

"뭐가가 아니라 너 아까 그…… 응?"

그 순간 철무한의 옷깃을 잡아당기는 명진의 손길.

명진이 담설을 향해 턱짓하며 가만히 고개를 저었다.

뒤늦게 그녀의 존재를 알아차린 철무한은 쩝 하고 입맛을 다셨다.

그러나 이 정도로 포기할 생각은 없었다.

오늘은 작정을 하고 나선 참이다. 물어볼 것이 상당히 많았다.

철무한이 모용기의 팔을 끌었다.

"나가자."

"왜? 나가긴 어딜 나가?"

"일단 좀 나가자고. 할 말이 많으니까."

"할 말 있으면 여기서 해. 왜 굳이……."

"시끄럽고. 나오기나 해. 안 그래도 궁금한 게 많았는데 오늘은 꼭 알아야겠으니까."

철무한이 버티고 서는 모용기를 억지로 끌어냈다.

작정하면 버티지 못할 것은 아니었지만 순순히 끌려 나
간 모용기.

한참을 움직여서 서늘한 바람이 불어오는 어두컴컴한 하
늘 아래 누군가의 방해도 받지 않을 구석진 곳에 도착하자
철무한이 모용기를 쳐다봤다.

"너 대체 뭐야?"

"뭐가?"

"뭐긴 뭐야? 너 말이야, 너. 나나 저 녀석이나 한참을 고
민해 봤는데 도저히 이해가 안 되서 말이야. 그 말도 안 되
는 무공 실력은 그렇다 치고, 그 자식들은 대체 뭔데? 넌 그
자식들을 어떻게 아는 건데?"

철무한이 작정을 하고 말을 쏟아 냈다.

한눈에 봐도 쉽게 넘어갈 기색이 아니었다.

그것은 명진 역시 마찬가지였다.

모용기가 보기에는 어설프기 짝이 없었지만 명진은 무언
가 단호하게 결심이라도 한 듯 퇴로를 단단히 막아서고 있
었다.

난감하다는 얼굴로 철무한과 명진을 번갈아 쳐다보던 모
용기는 한순간 고개를 끄덕이며 바닥에 철퍼덕 주저앉았
다.

철무한이 얼굴을 찡그렸다.

"이 자식. 설마 배 째라고 나오는 거 아니지? 진짜 그거면 나 이번엔 미친 척하고 쩬……."

"시끄럽고, 너희들도 앉아."

철무한이 눈을 동그랗게 떴다.

"어? 진짜?"

"진짜지 그럼 가짜겠냐? 얼른 앉기나 해. 마음먹었을 때 후딱 해치우자."

모용기가 자리의 옆자리를 손바닥으로 탁탁 쳤다.

철무한이 모용기의 마음이 변할세라 냉큼 달라붙었다.

모용기가 명진을 쳐다봤다.

"넌 안 앉아?"

"난 이게 편하다."

어느 틈에 팔짱을 낀 채 내려다보는 명진.

철무한이 얼굴을 찌푸렸다.

"저 자식은 꼭 저렇게 초를……."

"됐어. 그냥 내버려 둬. 그보다…… 어디부터 시작해야 하나?"

모용기가 잠깐 고민하는 듯한 얼굴을 했다.

그러나 이내 픽 웃음을 흘리며 이제는 아득하게 느껴지는 먼 옛날의 얘기부터 풀어냈다.

생각보다 긴 이야기였다.

옹기종기 모여 있는 그들을 물끄러미 내려다보던 보름달이

완전히 자취를 감출 때까지 모용기의 입이 멈출 수가 없을 정
도의 긴 이야기였다.

봉마곡에 들어선 뒤로 두 번의 겨울이 지나갔다.

짧다면 짧지만 길다고 생각하면 충분히 긴 시간.

한 가지 확실한 것은 처음에는 불편하기만 했던 생활에
적응할 수 있을 만큼 충분한 시간이었다.

그것을 증명하듯 어느 순간부터 다시 풀밭을 데굴데굴
구르는 소무결이었다.

그러나 이번에는 소무결 혼자가 아니었다.

주원종이 소무결처럼 풀밭에 드러누운 채 몸을 배배 꼬
고 있었다.

소무결이 안쓰럽다는 얼굴로 주원종을 쳐다봤다.

"할배, 그러지 말고 이제 그만 볼일 보는 게……."

그러나 주원종은 어림도 없다는 듯이 눈을 부라렸다.

"이눔 시키! 어디서 말도 안 되는 소리를! 그렇게 쉽게 포
기할 거였으면 시작도 안 했다 이놈아. 내 이번에는 기필코
그놈의 게으른 버르장머리를…… 으, 으헉! 자, 잠깐!"

주원종이 몸을 배배 꼬다 못해 부들부들 떨기까지 했다.

점점 더 한계를 향해 달려가는 것이다.

삼 일이나 꼼짝을 않고 드러누워 있었으니 그럴 만도 한 상황이었다.

소무결이 쯧쯧 혀를 찼다.

"그러다가 진짜 싼다니까? 정신 났을 때야 그렇다고 쳐도 말짱할 때 그랬다가는 할배 진짜 봉마곡에서 쫓겨날지도 몰라. 그러니까 그냥 포기하고……."

"시, 시끄럽다! 감히 누구한테 포기란 말을…… 으으…… 으헉!"

잠깐 잠잠해지나 싶다가도 조금이라도 힘을 끌어올릴라 치면 여지없이 요의가 느껴졌다.

강렬한 유혹을 억지로 참아 내느라 주원종이 학질 걸린 사람처럼 부들부들 몸을 떨었다.

그런 주원종을 쳐다보며 소무결이 미간을 좁혔다.

"그래 봐야 나 못 이길 텐데."

"그, 그건 해 봐야…… 으으으으!"

참을 수 없을 정도의 유혹에 잔뜩 몸을 웅크리는 주원종.

소무결이 쩝 하고 입맛을 다셨다.

"에이, 맘대로 해, 맘대로. 그러다 진짜 싸도 내 탓하지는…… 어라? 소화야! 운설아!"

멀리서 한쪽 팔에 바구니를 낀 채 나란히 지나가고 있던 백운설과 철소화.

그러나 그들보다 먼저 반응한 것은 그들을 이끌고 있던

팽연옥이었다.

"이놈이! 난 보이지도 않는 게냐? 요것들만 아는 척을 하고?"

"그럴 리가. 할매한테도 손 흔들려고 했어. 근데 할매가 먼저 말하는 바람에……."

"요것이 그걸 지금 말이라고! 나 먼저 해야지, 나 먼저!"

"아니지. 원래 중요한 사람은 나중에 말하는 거야. 그래야 있어 보인다고."

소무결의 말에 팽연옥이 어이가 없다는 얼굴로 헛웃음을 흘렸다.

"허…… 그놈 참 말은…… 그런 말은 또 어디서 주워들은 게냐?"

"아 그거? 우리 사부가 그러던데."

"네놈 사부? 홍가 놈?"

소무결이 말없이 고개를 끄덕였다.

"그놈 고거 어릴 적부터 뺀질뺀질하다 했더니 어디서 꼭 저 같은 것을 주워서 거두어서는……."

팽연옥이 못마땅하다는 얼굴로 쯧 하며 혀를 차며 고개를 저을 때, 어느새 다가온 철소화가 몸을 배배 꼬고 있는 주원종을 쳐다보며 얼굴을 찌푸렸다.

"할배, 아직도 이러고 있는 거야? 그만 좀 하라고. 할배가 무결이 오빠 어떻게 이기냐고. 저 오빠 태생이 거지인데."

"시, 시끄럽다, 요년아. 내가 이래 봬도 왕년에…… 으으으으."

말조차 제대로 끝맺음하지 못하는 주원종.

끊임없이 몸을 배배 꼬다가도 한순간 움찔움찔할 때마다 하얗게 질려 가는 얼굴색으로 보아 거의 한계에 달한 듯했다.

보다 못한 백운설이 한 걸음 앞으로 나섰다.

"할배, 소화 말대로 이제 그만해. 무결이 쟤는 진짜 거지라고. 할배가 못 이긴다니까?"

"요, 요것들이…… 으으으으…… 나, 나를 뭘로 보고……."

"뭘로 보긴. 할배는 거지가 아니잖아. 무결이 쟤는 진짜 거지라서 벌써 아무 데나 쌌을걸? 쟤 멀쩡한 거 보면 뭐 느끼는 거 없어?"

"응?"

주원종이 몸을 배배 꼬던 것도 잊고 눈을 동그랗게 떴다. 그리고는 이내 눈매를 좁히며 소무결을 노려봤다.

"너 이눔 시키, 설마……."

소무결이 쑥스럽다는 듯이 어색하게 웃음을 보였다.

"에이, 할배. 새삼스럽게……."

주원종이 기가 막히다는 얼굴을 했다. 그리고는 저도 모르게 더듬더듬 말을 더듬으며 힘겹게 질문을 꺼내 들었다.

"어, 언제…… 내, 내가 분명 계속 같이……."

"아, 그거…… 데굴데굴 굴러다니다가 할배가 안 볼 때 바지 내리고 쌌지."

"어? 어? 그, 그럼 소리라도……."

"저기 냇가잖아. 평상시라면 몰라도 할배 오줌 마려워서 정신 놓고 있는데 그게 들리기나 하겠어? 물 흘러가는 소리에 다 묻혔지."

여전히 히죽히죽 웃음을 보이는 소무결.

그 모습을 보며 한동안 멍청한 얼굴을 하던 주원종이 갑자기 자리에서 벌떡 일어섰다.

"이 씹어 먹어도 시원찮을 거지새끼!"

눈가에서 억울함이 덕지덕지 묻어났다.

그러나 그 억울함을 당장 풀 방법이 없다는 것이 더 억울하게 느껴졌다.

"으허헉! 나, 나온다!"

급격하게 움직임을 가져간 탓일까? 참을 수 없을 정도로 무언가가 차오르는 느낌이었다.

대뜸 아랫도리를 움켜쥐는 주원종.

백운설이 화들짝 놀라며 고개를 틀었다.

"어마……."

그러나 철소화는 초롱초롱 눈망울을 빛내며 빤히 쳐다봤다.

"오호. 할배 그러니까 거기서⋯⋯."

콩!

"아얏! 왜 때려?"

따끔한 느낌에 눈물이 차오를 정도였다.

단번에 빨개진 눈으로 철소화가 팽연옥을 쳐다봤다.

"요년이 벌써부터 발랑 까져 가지고는."

"내가 뭘? 난 그냥 궁금해서⋯⋯."

"시끄럽다, 요년아. 얼른 고개 안 틀어? 요년을 콱 그냥."

팽연옥이 눈을 흘기며 손을 들어 올리자 철소화가 흠칫하며 물러섰다.

그러나 고개를 틀고 말고 할 것도 없었다.

괴상한 소리를 내던 주원종은 어느새 멀찌감치 떨어져서 어딘가로 정신없이 달리고 있었기 때문이다.

"으허헉! 내 저 거지새끼랑 또다시 상종하면 사람새끼가 아니⋯⋯ 으, 으허헉! 나, 나온다!"

소무결이 그 모습을 쳐다보며 헤실헤실 웃음을 흘렸다.

"그러게 왜 날 건드려 가지고 그래? 건드릴 사람이 따로 있⋯⋯."

딱!

"아, 아얏!"

과장을 좀 보태서 주먹만 한 혹이 단숨에 툭 튀어나왔다.

따끔한 것을 넘어서 머리가 웅웅 울릴 정도였다.

바닥을 데굴데굴 구르던 소무결이 원망이 가득한 눈으로 팽연옥을 쳐다봤다.

"하, 할매! 왜 갑자기……!"

"시끄럽다, 이놈아. 나이 든 어른을 놀리는 게 그렇게 기분이 좋아?"

"아, 아니 그게 아니고…… 내가 먼저 시작했어? 주 씨 할배가 하자고 그랬지!"

"요놈이 그래도!"

발끈하는 소무결을 버럭 소리를 높이는 것으로 잠재운 팽연옥이 백운설과 철소화를 돌아봤다.

"저놈 저거 상종도 하지 말거라. 내 살다 살다 더러워서 진짜."

그리고는 백운설과 철소화를 이끌고 매정하게 멀어져 갔다.

소무결이 입술을 삐죽거렸다.

"더러우니까 거지지 깨끗하면 그게 어디 거지야? 할매는 알지도 못하면서……."

여전히 통증이 느껴지는 이마를 한참이나 문지르던 소무결은 이내 그마저도 가라앉자 다시금 데굴데굴 바닥을 굴러다녔다.

"그래도 이제 방해할 사람은 없으니까."

다시금 헤실헤실 웃으며 솔솔 불어오는 바람에 기분 좋

다는 얼굴로 저도 모르게 눈을 감으려던 소무결.

그러나 이내 미간을 좁히며 고개를 틀었다.

"이 소리는 강이 같은데……."

다른 이들과 다르게 바닥을 통통 울리는 듯한 발소리.

봉마곡의 아이들 중에 이러한 기척을 보이는 것은 이제는 예전의 철무한만큼이나 덩치가 훌쩍 커 버린 혁련강뿐이었다.

아니나 다를까 멀리서 헐레벌떡 달려오는 혁련강의 모습에 소무결이 그 무거운 등짝을 드디어 바닥에서 떼어 냈다.

상체를 일으킨 소무결이 헉헉거리며 어느새 제 앞에 선 혁련강을 향해 목소리를 냈다.

"왜 또? 이번엔 또 뭔데?"

"헉헉…… 여, 연아…… 연아 어디 있어? 헉헉."

"연아? 연아야 소화네 할배한테…… 왜 또? 단 씨 할배가 정신 났어?"

"어? 어…… 추형이랑 운현이가 겨루는 걸 지켜보다가 갑자기 회까닥 해 가지고……."

여전히 숨을 몰아쉬며 대답하는 철무한의 모습에 소무결이 얼굴을 찌푸렸다.

"어쩨 그 할배는 점점 더 심해지는 것 같은데…… 요 근래에는 시도 때도 없이 정신을 놓는 게……."

"내 말이! 아, 아차! 내가 이럴 때가 아니고!"

다시 몸을 날리려는 혁련강,

그러나 자신의 발목을 턱 하고 잡아채는 소무결의 손길에 의문을 품은 얼굴로 시선을 돌렸다.

"왜?"

"아니 다른 게 아니고, 거기 또 누가 있냐고. 운현이랑 주형이가 전부야?"

"민우랑 영영이도 있긴 한데…… 그건 왜?"

혁련강의 말이 떨어지기가 무섭게 다시 바닥에 등을 대는 소무결이었다.

의미를 알 수 없는 몸짓에 혁련강이 미간을 좁혔다.

"너 지금 뭐 하는……."

"뭐긴 뭐겠어? 그 정도면 내 차례까지 돌아올 일은 없겠다 싶어서 마음 놓은 거지."

헤실헤실 웃음을 흘리며 팔베개까지 하는 소무결의 모습에 혁련강이 와락 얼굴을 구겼다.

"이 거지새끼야! 지금 그걸 말이라고……!"

그러나 소무결은 여전히 여유로웠다.

"너 지금 그러고 있을 때야? 빨리 연아 찾아야 하지 않겠어?"

소무결이 혁련강을 쳐다보지도 않고 말했다. 시뻘게진 얼굴로 소무결을 쏘아보던 혁련강은 이내 어쩔 수 없다는 얼굴로 몸을 휙 날렸다.

"너 나중에 두고 보자."

이를 가는 혁련강의 목소리가 남아 있었지는 소무결은 한 귀로 듣고 한 귀로 흘리는 기색이었다.

그리고는 또다시 눈을 감으려던 소무결.

그러나 이번에도 전과 같이 미간을 좁히며 고개를 틀어야 했다.

"젠장. 여기 무슨 마가 꼈나? 왜 이렇게 찾는 사람이 많아? 이번엔 또 누구……."

소무결이 의문을 표하기 무섭게 수풀이 우수수 요란하게 흔들리더니 고민우가 그 속에서 튀어나왔다.

"어? 무, 무결아!"

얼굴을 찌푸리고 있는 소무결을 확인한 고민우가 반색을 했다.

"어? 민우네? 단 씨 할배랑 놀고 있다더니 저 자식이 갑자기 왜……."

고개를 갸웃거리던 소무결이 불현듯 찾아오는 생각에 한순간 딱딱하게 얼굴을 굳혔다.

"어? 어? 이거 설마……."

슬픈 예감은 틀릴 때가 없었다.

주변의 공기가 부르르 떨릴 정도로 강렬한 존재감이 고민우의 뒤를 따라 불쑥 모습을 드러냈다.

"이놈! 감히 여기가 어디라고 분탕질을 치는 것이냐!

그러고도 네놈이 성할 성싶었더냐!"

내력을 잔뜩 머금은 쩌렁쩌렁한 소리에 산천초목이 부르
르 떨리며 비명을 질러 댔다.

"제, 젠장!"

얼굴을 와락 구긴 소무결이 생각할 것도 없다는 듯이 냅
다 몸을 날렸다.

그리고 그 뒤를 고민우가 끈질지게 따라붙었다.

"무, 무결아! 같이……!"

"시끄러, 자식아! 저리 안 가! 저리 가라고! 나 따라오지
말고 저리 가라고!"

"이놈들! 게 서지 못하겠느냐! 내 이놈들을 당장!"

가만히 눈을 감은 채 배운 것을 음미하고 있는 제갈연을
유진산이 따뜻한 얼굴로 지켜봤다.

하나를 가르치면 열을 깨달을 정도는 아니었지만, 그 하
나만큼은 곧잘 따라오는 모습이 대견하다 생각했다.

가르치는 것이 워낙 어려웠던 탓에 대부분의 아이들은
그 하나도 제대로 깨치지 못했기 때문이다.

그래서 제법 오랜 시간을 소비하고 있음에도 전혀 지루
하다 생각하지 않았다.

오래 전에 명을 달리한 제 딸과 비슷한 재능을 가진 아이.

잠깐이긴 했지만 느지막한 나이에 그때와 같은 기분을 다시금 느낄 수 있게 해 준 제갈연이 오히려 고마울 정도였다.

그래서 유진산은 숨소리조차 함부로 내지 않았다.

혹시라도 제갈연의 명상에 방해될까 저어한 탓이다.

그런 유진산의 배려에 보답이라도 하듯이 오랜 시간의 명상을 무사히 끝내고 총기로 반짝이는 눈동자를 드러낸 제갈연.

그녀가 저도 모르게 입을 열어 감탄사를 쏟아 냈다.

"아! 할아버지, 이제 알 것 같아요!"

유진산의 입꼬리가 저도 모르게 슬며시 치켜 올라갔다.

"그러냐?"

"예, 할아버지. 이 봉마진이라는 게 보기에는 엄청 복잡한데, 원리를 알고 나니까 생각보다 쉽게 길이 보이네요? 근데 할아버지는 어떻게 이런 생각을 하셨어요? 봉마진, 할아버지가 만드신 것 맞죠? 우리 집에도 진법에 관한 책이 많은데 이런 건 본 적도 없고, 어디서 들어 본 적도 없거든요. 이거 분명히 누가 근래에 새로 만든 것 같은데 할아버지가……."

그러나 유진산은 가만히 고개를 저었다.

"내가 아니다."

제갈연이 눈을 동그랗게 떴다.

"예? 할아버지가 아니에요? 그, 그럼 누가……."

"그건 알 필요 없다. 어차피 너희들이 마주칠 일도 없을 테니……."

유진산의 말을 경청하던 제갈연이 용케 말꼬리를 잡아냈다.

제갈연이 눈매를 좁혔다.

"마주칠 일? 혹시 그럼……."

"그건 나도 모른다. 나도 뵌 지가 오래돼서…… 거의 반백년은 다 되어 가는 것 같구나."

아련한 얼굴로 무언가를 짚어 가는 듯싶던 유진산이었으나 이내 고개를 젓고 말았다.

"그건 되었고, 내일부터는 찾아오지 않아도 된다."

"예? 하지만 저는……."

"너도 알고 있지 않느냐? 내가 가르칠 수 있는 것은 다 가르쳤다는 것을. 봉마진에 관한 책자도 네게 준 지 오래고, 남은 것은 너 혼자 찾아가야 한다. 더 이상 내가 줄 수 있는 것은 없다."

담담한 얼굴로 고개를 젓는 유진산, 그리고 조금은 서운하다는 얼굴을 하는 제갈연.

유진산이 먼저 픽 웃음을 보였다.

"그럴 것 없다. 이제 곧 봉마곡을 나서야 하지 않느냐? 어차피 혼자 걸어가야 할 길인데 조금 빨리 경험한다 생각하거라."

제갈연이 눈에 띄게 당황한 기색을 보였다.

"어? 그, 그건……."

"그럼 언제까지 이곳에 머무를 생각이었더냐? 그럴 수는 없지 않느냐?"

"하, 하지만……."

"그럴 것 없다. 우리처럼 세상을 등진 늙은이들도 아니고, 너희들은 집으로 돌아가야 하지 않겠느냐? 그 녀석들도 찾아야 하니 말이다."

유진산의 말에 제갈연이 가만히 입을 닫았다. 그러나 여전히 마음을 정하지 못한 듯 여전히 갈피를 잡지 못하는 모양새였다.

그런 제갈연을 물끄러미 쳐다보던 유진산은 한순간 시선을 휙 하고 돌렸다.

제갈연이 유진산의 시선을 따라갔다.

"왜요? 누가 와요?"

의문을 표하기가 무섭게 멀리서 메아리치듯 들려오는 목소리.

"연아야! 연아야!"

"어? 이건 강이 목소린데…… 무슨 일이 있는 건가?"

제갈연이 고개를 갸웃거렸다.

그 때 유진산이 손을 내저었다.

"그만 가 보거라."

"예? 하지만……."

"널 찾는 걸 보니 네 사부가 또 정신을 놓은 것 같은데, 그 일부터 처리해야 하지 않겠느냐? 어서 가 봐라."

유진산의 말에 제갈연이 짝 하고 손뼉을 쳤다.

"어? 사부님!"

그리고는 후다닥 방을 나서는 모습이었다.

"나중에 또 올게요."

큰 의미가 없는 말이었지만 여운이 길게 남았다.

멍청한 얼굴로 제갈연이 사라진 자리를 쳐다보던 유진산이 한순간 쓴웃음을 머금었다.

"나도 나이가 들었구나……."

참룡
회귀록

斬龍回歸錄

참룡
회귀록

斬龍
回歸
錄

59 章.

"너희들 거기서 뭐 해?"

바닥에 납작 엎드려 있던 정주형이 유난히 흠칫 몸을 떨었다.

운현이 정주형의 어깨를 툭 쳤다.

"뭘 그렇게 떨어? 딱 봐도 무일이 목소린데."

"에이 씨. 담 씨 할배 때문에 괜히 신경만 날카로워져서……."

임무일과 함께 다가오던 조희진이 고개를 갸웃거렸다.

"단 씨 할아버지? 왜? 할아버지가 또 정신 났어?"

무심코 고개를 끄덕이려던 정주형이 문득 애매하다는 얼굴로 임무일을 쳐다봤다.

임무일의 두 눈에 의문이 담겼다.

"왜? 단 씨 할배 아냐? 그럼 누가……."

"아니, 그게 아니고."

"그럼 뭔데? 왜 그런 눈으로 쳐다봐?"

"몰라서 물어? 신기해서 그런다, 자식아. 어떻게 그 많던 살이 한순간에 쏙 빠지냐? 아무리 만금장 무공이 그렇다 해도 그렇지."

이제는 제법 정상인 태를 보이는 임무일이 볼 때마다 신기했던 게다.

굴러다녀도 좋겠다 싶을 정도로 어마어마하게 덕지덕지 붙어 있던 살들이 어느 순간 빠지기 시작하더니 적당히 통통하게 보일 정도였다.

이렇게 되기까지 걸린 시간은 딱 석 달이었으니, 정주형의 의문도 충분히 이해할 만했다.

그러나 임무일은 짜증이 난다는 얼굴이었다.

"또 그 소리야? 이제 그만 좀 하라고. 벌써 몇 번째야?"

"벌써 몇 번째가 아니라……."

"아 됐고. 단 씨 할배가 아니면 누군데? 은희네 할배?"

"아니 단 씨 할배 맞아."

"그래? 그럼 누가……."

그 때 운현이 끼어들었다.

"민우 따라가더라고. 민우가 희생했어."

운현의 말에 임무일이 화들짝 놀랐다.

"민우 혼자? 너희들 미쳤어? 민우 혼자 감당이 돼? 아니, 이럴 때가 아니고, 얼른 연아를 찾아야……."

"됐어. 강이가 벌써 찾으러 갔어. 걱정 안 해도 돼."

"그걸 지금 말이라고…… 지난번에도 담 씨 할배가 날뛰는 바람에 너 팔 부러졌잖아? 할배 요즘 심하던데……."

"그렇긴 한데, 다른 할배 할매도 있으니까 뭐. 시끄러워지면 챙겨 주시니까. 괜히 움직이다가 그 할배 마주쳐서 우리까지 엮이기라도 하면 골치 아파. 그냥 내버려 둬."

"그래도……."

임무일이 여전히 걱정스럽다는 얼굴을 했다.

조희진이 임무일의 어깨를 툭 쳤다.

"애 말이 맞아. 단 씨 할아버지가 그래도 선은 안 넘는다고. 그랬으면 애는 그때 팔 부러지는 정도가 아니라 진짜 죽었을걸? 큰일은 없을 테니까 걱정 안 해도 돼. 그보다……."

조희진이 운현을 쳐다봤다.

"영영이는? 아까 보니까 같이 있던데?"

"아, 걔는 황 씨 할매한테. 담 씨 할배가 그 할매는 또 안 건드리잖아. 그래서 거기로 보냈어."

당연하다는 듯이 대꾸하는 운현이었다.

그러나 받아들이는 입장은 달랐다.

조희진이 눈살을 찌푸렸다.

"엄청 아껴 주네."

"뭐가?"

"그렇잖아. 뭔 일만 있으면 감추기 바쁘고."

"내가 또 뭘 그렇게 감추기 바빠? 그거야 걔가 몸이 약하니까……."

"뭐?"

조희진이 황당하다는 얼굴을 했다.

지켜만 보면 정주형과 임무일도 풋 하고 웃음을 터트렸다.

말을 꺼낸 운현 자신도 머쓱한지 가만히 시선을 피했다.

임무일이 얼른 고개를 저으며 정주형을 쳐다봤다.

"그보다 주형이 넌 요즘 소문이랑 같이 안 다닌다? 왜? 소문이네 할배가 이제 너 오지 말래?"

"아, 그거? 걔네 할배가 그러는 게 아니고 이제는 굳이 내가 거기 갈 이유가 없어서."

"왜? 이제 배울 건 다 배웠다 이거야?"

"대충은."

"어쭈? 이 자식 보게. 너 그거 아냐? 소문이네 할배가 그 말 들으면 네 입에 독 있는 대로 다 집어넣을걸? 건방지다고."

괜스레 으름장을 놓는 임무일의 말에 정주형은 픽 하고

웃음을 보였다.

"아닐걸? 오히려 나한테 고마워할걸?"

"응? 그건 또 뭔 소리야?"

"뭔 소리긴. 방해꾼은 이제 빠져 주겠다는 말이잖아. 넌 그것도 못 알아들어?"

그러나 임무일의 눈에는 여전히 의문이 가득했다.

"방해꾼? 네가 왜 방해꾼이야?"

임무일은 여전히 알아듣지 못한 눈치였고, 그것은 운현이나 조희진 역시 마찬가지였다.

정주형이 쯧 하고 혀를 차고는 입을 열었다.

"사실 당가나 우리 독곡이나 독은 거기서 거기거든. 비전으로 내려오는 몇 개 정도만 빼면 다 똑같더라고. 그걸 다 배우고 나니까 거기 있기가 좀……."

임무일이 그제야 알아들었다는 얼굴로 고개를 끄덕였다.

"그래서? 그 비전 배우라고 자리를 비켜 줬다 이거야?"

"그런 것도 있고, 또 독을 어느 정도 배웠다 싶으니까 할배가 소문이한테 암기술도 가르치더라고. 할배가 눈치 주고 그러는 건 아닌데 내가 괜히 눈치가 보여서……."

"야, 별게 다 눈치가 보인다. 그럴 때는 얼굴에 철판 좀 깔고……."

"됐거든. 아무리 그래도 낯짝이 있지. 그리고 그걸 또 내가 언제 배워? 독장 익히는 데도 피똥 싸는구만."

"그래도 다른 데도 아니고 사천당가 암기술이잖아. 그런 걸 배울 기회가 또 올 거 같아?"

임무일이 진심으로 아깝다는 얼굴을 했다. 그러나 정주형은 조금의 미련도 보이지 않는 얼굴로 고개를 저었다.

"그 얘긴 그만하고, 이제 밥때 됐는데 밥이나 먹으러 가자. 팽가 할매 기다리겠다."

"밥?"

임무일이 솔깃한 얼굴을 했다. 몸은 줄었어도 식탐은 여전했기 때문이다.

정주형이 다 안다는 얼굴로 픽 웃으며 임무일의 어깨에 팔을 둘렀다.

"가자. 밥 먹으러."

정주형이 임무일을 이끌고 멀어져 가자 그 뒤를 따르려던 조희진이 문득 운현을 돌아봤다.

"넌 안 가?"

"어? 그게…… 영영이도 데리고 가야……."

조희진이 얼굴을 팍 찡그렸다.

"적당히 좀 해라."

천영영이 고개를 갸웃거렸다.

"할머니랑 은희는 어디 갔나?"

황월영의 거처에서 사람의 기척이 느껴지지 않았던 게다.

하여 여기저기를 두리번거리는데, 한순간 시커먼 신형이 불쑥 치솟아 오르듯 모습을 드러내더니 천영영의 어깨를 툭 쳤다.

"뭐 하는 게냐?"

"어? 어!"

천영영이 화들짝 놀라며 뒷걸음질 쳤다.

그러나 황월영의 얼굴을 확인하고는 안도의 한숨을 내쉬었다.

천영영이 놀란 가슴을 쓸어내리며 황월영을 흘겨봤다.

"할머니, 기척이라도 좀 내시지 그렇게 갑자기 나오시면……."

황월영이 포근하게 웃으며 천영영의 등을 쓰다듬었다.

"많이 놀랐느냐?"

"그럼요. 갑자기 그렇게 불쑥 나오시는데…… 그런데 할머니는 어떻게 그렇게 기척이 없어요? 다른 할아버지들은 감춘다고 해도 어느 정도 접근하면 다 느껴지던데, 할머니는 바로 옆에 있어도 잘 모르겠더라고요. 아, 그러고 보니까 요즘은 은희도 기척이 흐릿해지던데, 이것도 무공이에요?"

황월영은 여전히 미소만 지은 채 천영영의 말에 대꾸를 하지 않았다.

그 때 안은희가 들어서며 고개를 갸웃거렸다.

"어라? 영영이 네가 어쩐 일이야? 무슨 일이라도 있어?"

"어? 그게……."

천영영이 갑자기 황월영의 팔에 매달렸다.

"할머니, 단 씨 할아버지가 또……."

"단 씨? 정순이?"

"예, 할머니. 할아버지가 또 정신을 놓으셔서……."

천영영의 말에 황월영의 주름이 더 짙어졌다.

요즘 들어 정신을 놓는 일이 부쩍 잦아진 단정순 때문에 심란해진 것이다.

황월영이 천영영의 등을 툭 쳤다.

"너희들은 연옥이한테 가 있거라. 정순이에게는 내가 가 보마."

그리고는 흐릿해지더니 한순간 모습을 감춰 버렸다.

어느새 멀어진 황월영의 뒷모습을 물끄러미 쳐다보는 천영영의 곁으로 안은희가 다가왔다.

"너무 걱정하지 마. 할머니가 가셨으니까 지난번에 운현이가 다쳤던 것처럼 큰일은 없을 거야. 그러니까……."

그러나 천영영은 고개를 저었다.

"그것도 그건데 요즘 단 씨 할아버지가 좀…… 저러다가 큰일 나는 거 아닌가 싶어서……."

천영영의 말에 안은희의 얼굴이 덩달아 심각해졌다.

단정순이 걱정되는 것은 안은희 역시 마찬가지였기 때문

이다.

그리고 그것은 봉마곡에 머무르는 이들 모두 마찬가지였다.

평온하던 봉마곡에 먹구름이 잔뜩 낀 것이다.

"그래도 소화네 할아버지가 계속 방법을 찾아보고 계시니까 조만간 대책을 내놓으시지 않을까? 그래도 명색이 괴의인데……."

안은희의 말에 천영영이 고개를 끄덕였다.

"그렇겠지? 소화네 할아버지가 잘 봐주시겠지?"

"그렇다니까. 다들 고개 젓던 연아도 고치신 분이니까 꼭 그러실 거야. 그보다 우리도 얼른 움직이자. 할머니 안 계실 때 단 씨 할아버지 마주치기라도 하면 우리도 곤란하니까."

안은희가 천영영을 잡아끌었다.

여전히 마음이 불편한지 고개를 숙인 채 안은희를 따라가던 천영영이 한순간 눈을 반짝였다.

전혀 소리를 내지 않는, 유심히 보지 않으면 움직임을 눈치 채지 못할 정도로 존재감이 없는 듯한 안은희의 발걸음이 천영영의 시선을 잡아끈 것이다.

"그런데 은희 너 발걸음이……."

"응? 내 발걸음?"

"그래. 발걸음이 조금은 달라진 것 같다?"

"아, 이거? 할머니한테 명옥공을 배우다 보니까 움직이는 것도 이렇게 변하더라고."

"명옥공? 그거 내공심법이었던 거 아냐? 거기 신법도 들어 있었어?"

"아니, 그런 건 아니고."

"그럼?"

"명옥공 익히다 보니까 움직이는 게 이렇게 변하더라고. 신기하지? 우리 할아버지도 보시더니 응조공인지 못 알아보겠다고 하시더라고."

안은희의 말에 천영영이 흠칫 몸을 떨었다.

"너희 할아버지가 못 알아볼 정도로? 명옥공이 응조공을 그렇게까지 바꿀 정도야?"

내공심법에 따라 움직임이 조금씩 바뀌기는 하지만 어디까지나 정해진 틀 내에서 약간의 변형을 주는 것이다.

그런데 명옥공은 안희명 정도의 고수조차 알아보지 못할 정도로 응조공의 근원을 흔들어 버린 것이다. 천영영이 놀란 것이 바로 그 부분이었다.

"아니 그보다…… 너 그래도 괜찮아? 원래 하던 게 있는데 갑작스럽게 움직임이 그렇게 변해 버리면……."

천영영이 걱정스럽다는 얼굴을 했다. 급작스런 변화에 탈이 나지 않을까 우려된 것이다. 그러나 안은희는 헤실거리는 얼굴로 고개를 저었다.

"괜찮아. 네가 눈치 채지 못해서 그런데, 이게 갑자기 바뀐 게 아니라서."

"응? 갑자기 변한 게 아니야? 그러면?"

"이게 처음 명옥공을 배운 뒤로 한두 달쯤 지나니 조금씩 변하기 시작한 거라서 큰 문제는 없을 거라고 하셨어."

"그래? 그럼 다행이긴 한데……."

천영영의 눈빛이 조금 변했다. 어딘가 모르게 부러움이 담긴 눈빛이었다. 그 감정을 어렵지 않게 알아챈 안은희가 고개를 저었다.

"그럴 것 없어. 너도 주 씨 할아버지한테 많이 배웠잖아. 할머니는 오히려 나한테 미안하다고 하시던데? 할머니 때문에 내가 주 씨 할아버지한테 배울 기회를 놓쳐 버렸다고."

"그래?"

"그렇다니까. 할머니 말로는 주 씨 할아버지가 진짜 무공의 천재라고 하시더라고. 대단한 가문 출신도 아닌데 혼자 독학해서 그 경지까지 올랐다고. 그래서 평범한 무공도 그 할아버지 손을 거치면 절세의 신공으로 변신한다고. 그건 소화네 할아버지도 못 하는 거래."

안은희의 말에 천영영이 눈을 반짝였다.

"진짜? 황 씨 할머니가 그렇게 말씀하셨어?"

"응. 그리고 부러워하려면 내가 아니라 연아를 부러워해

야지. 기혈로 침투한 독기가 내력으로 둔갑할 줄이야 누가
생각이나 할 수 있었겠어? 거기다 단 씨 할아버지가 개만
꼭 잡고 작정하고 가르치잖아. 진짜 부러워해야 할 건 내가
아니라 걔라고. 당장도 무일이가 아니면 상대가 안 되잖아?
어떻게 애가 하루아침에 그렇게 바뀔 수가 있어?"

"그거야 뭐……."

안은희의 말에 천영영이 순순히 고개를 끄덕였다. 그러
나 제갈연에게는 딱히 부럽다는 감정이 들지는 않았다.

"그래도 걔는 전화위복이라서…… 진짜 죽을 고비를 넘
겼는데 걔는 좀 그래도 돼. 그리고 하루아침에 바뀐 건 무
일이지. 걔는 갑자기 살이 쏙 빠지더니 무슨 내력이…… 연
아처럼 기혈에 침투한 독기를 내력으로 돌린 것도 아닌데
어떻게 그렇게 강할 수가 있어? 내력만 보면 연아보다 더
강한 것 같던데."

"돈으로 바른 거지 뭐. 어렸을 때부터 영약이란 영약은
다 먹어서 살 찌웠다가 그걸 흡수해 내면 살이 쏙 빠지는
게 만금장 무공의 특징이라고. 그보다……."

그 때 안은희가 천영영의 팔을 툭 쳤다.

천영영이 안은희를 쳐다봤다.

"왜?"

"왜긴 왜야? 자기도 알아챘으면서 모른 척은."

안은희가 시선을 돌려 어느새 다가온 운현을 향해 투덜

거렸다.

"지극정성이다 진짜. 좀 적당히 하면 안 돼?"

"어? 그, 그건……."

운현이 제대로 대꾸도 못 하고 안은희의 시선을 피했다.

안은희가 천영영을 밉지 않게 흘겨봤다.

"난 사실 연아보다 네가 더 부러운 것 같아."

운현처럼 안은희의 눈길을 피하는 천영영의 얼굴이 새빨갛게 달아올랐다.

"그래서 언제 나갈 것이냐?"

여느 때처럼 와자지껄하던 저녁식사의 분위기를 완전히 얼어붙게 만드는 하나의 질문.

모두가 하던 행동을 딱 멈추고 유진산을 쳐다봤다.

저마다의 얼굴은 확연히 달랐지만 얼굴에서 느껴지는 감정은 비슷하게 보였다.

왠지 모를 불안감.

자신도 모르게 흔들리는 눈빛을 하던 소무결이 한순간 침을 꿀꺽 삼키더니 주원종을 향해 목소리를 높였다.

"하, 할배. 멧돼지 이거 할배가 잡은 거 맞지? 너무 세게 때린 거 아니야? 흐물흐물해서 씹는 맛이 없잖아."

"그, 그러냐? 살살 때린다고 했는데 나도 모르게 내력이 들어간 것 같구나."

눈치만 보던 정주형이 이때다 싶어 냉큼 그 말을 받았다.

"내 말이! 할배가 사냥만 나가면 고기가 죄다 이 모양이라니까? 요 근래 할배가 이가 시원찮다고 하더니 그거 때문에 일부러 그러는 거 아냐?"

"이놈이! 누굴 벌써 뒷방 늙은이로 만들어! 그게 아니라 요즘 힘 조절이 잘 안 돼서……."

주원종이 눈을 부라리자 이번에는 임무일이 뒤를 이었다.

"그게 더 문제 아냐? 힘 조절이 안 되면, 그러다 한 방에 훅 간다고 하던데……."

"이, 이놈들이! 요즘 좀 안 맞았다 이거지? 모처럼 한바탕 할까? 그래 볼까?"

주원종이 밥상을 잡았다.

임무일 등이 움찔 몸을 떠는데 주름이 자글자글한 손이 불쑥 튀어나와 밥상 위를 턱 짚었다.

주원종이 미간을 좁히며 단정순을 쳐다봤다.

"뭔가?"

"뭐겠나? 밥상 엎지 말라는 거지. 팽 할멈이 정성들여 차린 건데 그걸 왜 엎어?"

단정순의 말에 팽연옥이 고개를 끄덕이며 쌍심지를 치켜

세웠다.

"내 말이. 이놈의 영감탱이가 진짜 정신이 나갔어? 내가 차린 밥상을 엎게. 나랑 한번 해보자는 거야?"

팽연옥이 목소리를 높이자 주원종이 단번에 기가 죽었다.

"아, 아니 내 말은 그게 아니고……."

그리고 그것을 시작으로 다들 또다시 와자지껄 목소리를 높이기 시작했다.

그러나 이전과는 다르게 조금은 과장된 모습들이었다.

그 모습을 물끄러미 쳐다보던 유진산은 가만히 한숨을 내쉬었다.

저들의 마음이 이해가 갔고, 자신 역시 같은 마음이었기 때문이다.

그러나 자신까지 그래서는 안 된다는 것을 누구보다도 잘 알고 있는 유진산이었다.

유진산이 고개를 저으며 다시 목소리를 냈다.

"그래서 언제 나갈 것이냐고 물었다."

내력이 실려 웅웅 울리는 목소리가 와자지껄한 분위기를 다시금 꽁꽁 얼어붙게 만들었다.

이번에는 침묵이 좀 더 길어졌다.

가만히 주위를 돌아보던 당명이 제 앞에 앉은 당소문을 쳐다보며 말했다.

"소문아."

"예, 할아버지."

"형님 말씀이 맞다. 너희들이 언제까지 여기 있을 수는 없는 노릇 아니냐? 너희들은 이제 집으로 돌아가야지."

당명의 말에 거리감이 느껴진 당소문이 흠칫 어깨를 떨었다.

"그, 그럼 할아버지는……?"

"나는 돌아가지 않는다."

"할아버지!"

당명이 고개를 저었다.

"그럴 것 없다. 내가 가진 것은 네게 다 전했으니 더는 할 일도 남아 있지 않고, 나가 봐야 원종이 저 친구 말대로 뒷 방 늙은이 취급 받으면서 눈총만 살 테지."

"그, 그런! 누구도 그런 생각은……!"

그러나 당명은 다시 한 번 고개를 저어 당소문의 말을 끊었다.

"그리고 더는 마음을 졸이며 살고 싶지 않다. 이제는 잡 다한 일들에서 눈을 돌리고 여기서 이 친구들과 마음 편하 게 여생을 보내고 싶구나."

당명의 말에 복잡한 얼굴을 하는 당소문이었지만, 차마 입을 떼지 못했다.

더는 말을 돌리기도 어렵게 된 분위기에 소무결마저 침

울한 얼굴을 하고 있는데, 여전히 포기하기 어려웠던 운현이 눈치를 살피며 목소리를 냈다.

"저…… 난 아직 배울 게 남았는데……."

그 말에 옳다구나 한 주원종이 다시 입을 떼려 할 때, 유진산이 먼저 고개를 저으며 주원종을 막아섰다.

"이미 너희들이 배울 수 있는 것은 다 배웠다. 나머지는 너희들 스스로 익혀야 한다. 그래야 더 크게 발전하는 법이지. 여기서 더 가르치면 우리가 보는 것만큼 볼 뿐, 그 이상을 보지 못하니까."

유진산의 말에 운현마저 입을 다물었다.

그 때 여태껏 말이 없던 철소화가 눈을 반짝였다.

"어? 난 배운 거 없는데?"

철소화의 말에 모두의 시선이 일제히 그녀에게로 몰렸다. 실제로 그녀가 누군가에게 가르침을 받은 적이 없었기 때문이다. 주원종이 다른 아이들을 모아 놓고 무공을 가르칠 때도 그녀만은 쏙 빠졌었다. 철소화는 내버려 두라는 유진산의 말이 있었기 때문이다.

"난 기껏해야 팽가 할매한테 요리 배운 게 단데? 할아버지, 그럼 난 남아도 돼?"

철소화가 기대가 어린 눈으로 유진산을 쳐다봤다.

그러나 유진산은 이번에도 고개를 저었다.

"너는 예전에 다 배웠다."

"무슨 말이야, 할아버지? 내가 언제……."

"네가 어릴 때 내가 다 가르쳤다."

"그러니까 내가 언제……?"

"나중에 때가 되면 다 떠오를 것이다. 그러니 너도 같이 나가거라."

철소화가 알 수 없는 말을 하는 유진산을 쳐다보며 얼굴을 찡그렸다.

"할아버지는…… 난 그런 적이……."

그러나 유진산의 시선은 이미 다른 곳을 향하고 있었다.

"말이 나온 김에, 더는 끌 것 없이 모두 내일 떠나거라. 그게 좋겠구나."

유진산의 말에 소무결이 화들짝 놀라며 급하게 입을 열었다.

"아, 아니 할배! 갑자기 그렇게 말하면……!"

그리고 주원종 역시 비슷한 반응을 보였다.

"아, 아니 형님! 갑자기 애들 보고 나가라고 하면…… 그래도 준비할 시간은 좀 줘야……."

그러나 유진산은 여전히 단호하기만 했다.

"질질 끌어 봐야 더 힘들기만 할 뿐. 마음먹었을 때 끝내도록 하자. 그럼 그렇게 알고……."

유진산이 슬그머니 자리에서 일어섰다.

옆에 있던 황월영이 유진산을 올려다봤다.

"오라버니, 식사는 하시고……."

"아니다. 나는 다 먹었다. 너희들이나 마저 식사를 마치도록 하거라."

그리고는 유진산이 순식간에 모습을 감춰 버렸다.

황월영이 유진산이 남기고 간, 아직 한 술도 뜨지 않아 밥이 가득한 그릇을 쳐다보며 나지막이 한숨을 내쉬고 있을 때, 안희명이 제 손녀인 안은희를 쳐다봤다.

"은희야."

안희명의 차분한 목소리에 덜컥 불안한 마음이 든 안은희가 울상을 했다.

"하, 할아버지……."

"그럴 것 없다. 집에 가면 네 아비에게 나는 잘 지내고 있으니 걱정하지 말라고 전하기나 하거라. 그보다……."

잠시 말을 끊은 안희명이 황월영을 힐끔 쳐다보며 다시 말했다.

"누님께 받은 것은 꼭 남궁…… 놈들에게 전해 주거라. 그러면 된다."

여지를 주지 않는 안희명의 말에 안은희가 고개를 폭 숙였다.

황월영이 안은희에게 다가가 등을 쓰다듬어 줬다.

안은희가 눈물이 가득 찬 눈으로 황월영을 쳐다봤다.

"할머니……."

"그럴 것 없다. 네 할아비는 나나 다른 이들이 잘 보살필 테니까. 그보다 네 할아비 말은 신경 쓸 것 없다. 예전에 말했던 대로, 네가 내키지 않으면 전하지 않아도 된다. 그것은 온전히 네 것이니 네가 원하는 대로 하면 된다."

이제는 울먹거리는 얼굴로 제대로 대꾸조차 못 하는 안은희였다.

그 모습을 물끄러미 쳐다보고 있던 단정순이 이번에는 자신의 차례라는 것을 깨닫고는 제갈연에게로 시선을 돌렸다.

"연아야."

"예, 사부님."

제갈연의 목소리는 안은희나 당소문과는 다르게 의외로 차분했다.

단정순이 흡족한 얼굴로 고개를 끄덕이며 말을 이었다.

"내가 예전에 네게 했던 말 기억나느냐?"

"어떤 것을 말씀하시는 것인지……."

"내 혈육들 말이다. 왜 내가 전에……."

조금은 민감한 이야기였다. 그래서 단정순이 말끝을 흐리는데 그것을 눈치 챈 제갈연이 냉큼 말을 받았다.

"기억합니다. 사부님께서 말씀하신 대로 꼭……."

"아니 아니, 그게 아니다. 그게 아니라 예전에 내가 했던 말에 더는 얽매이지 말라고 하려는 참이었다. 그러니까 내가 전에 했던 말들은 다 잊어도 좋다. 내 말 무슨 뜻인지 알겠느냐?"

당연히 안다.

어지간하던 제갈연도 단정순의 마음씀씀이에 저도 모르게 눈시울이 붉어졌다.

그리고 그 전부터 눈시울이 붉어져 있던 백운설은 이미 눈물을 뚝뚝 떨어트리며 팽연옥을 쳐다봤다.

"할매……."

"이년이 울긴 왜 울어? 누가 죽었어?"

"할매는…… 말을 해도 꼭……."

백운설이 눈물을 뚝뚝 흘리면서도 눈을 흘겼다.

팽연옥이 귀엽다는 듯이 픽 웃으며 손을 가져가 백운설의 눈물을 닦아 줬다.

"그만 울어. 이렇게나 눈물이 많아서야 강호에서 제대로 돌아다닐 수나 있겠어? 그러지 말고 너는 그냥 화산에나 콕 틀어박혀 있거라. 화산에 콕 틀어박혀서 내가 전해 준 것이나 익히도록 하고……."

걱정이 가득한 팽연옥의 말에 백운설은 더는 목소리도 내지 못하고 억지로 울음을 참으려는 듯 꺽꺽거렸다.

무거운 공기가 가득한 가운데 저도 모르게 분위기에 휩쓸린 듯 눈시울이 붉어진 소무결이 문득 주원종을 쳐다봤다.

"할배."

"으응? 나?"

"응, 할배. 할배는 나한테 뭐 할 말 없어?"

새빨갛게 물들었으면서도 어딘가 모르게 기대를 보이는 소무결의 눈빛에 주원종이 흠칫 몸을 떨었다.

그리고 이미 소무결의 목소리에 모든 이의 시선이 둘에게 집중되었다.

주원종이 떨떠름한 얼굴로 소무결을 쳐다보며 고개를 끄덕였다.

"그, 그래. 너도 이제는 아무 데나 오줌 싸지 말고……아, 아니 적어도 누워서는 싸지 말고……."

소무결이 와락 얼굴을 구겼다.

"에이 씨, 진짜. 할배는……."

다음 날 주원종의 손에 내쫓기듯 봉마곡을 벗어난 소무결과 임무일 등은 두 눈에 가득한 미련을 떨쳐 낼 수 없어서 차마 산을 내려갈 수 없었다.

다들 약속이나 한 듯 멍한 얼굴로 자욱하게 내려앉은, 한 치 앞도 보이지 않는 안개 속에서 그 자리에 주저앉아 시간을 보냈다.

그리고 딱 세 번 해가 지고 다시 떴을 때 임무일이 배를 쓰다듬으며 다른 이들을 돌아봤다.

"배가 고픈데……."

임무일의 말에 소무결이 반응하며 고개를 끄덕였다.

"그러게. 뭐라도 좀 먹어야겠는데…… 누가 갔다 올래?"

소무결의 말에 정주형이 미간을 좁혔다.

"네가 아직 잘 모르나 본데 여기서 민가까지는……."

"뭔 소리야? 뭣하러 민가까지 가? 천지에 널린 게 먹을거린데."

"응?"

"응은 무슨. 가서 산짐승이나 과일 같은 것들이나 좀 구해 오자는 거지. 누가 갈래? 내가 갈까?"

그 때 운현이 자리에서 벌떡 일어섰다.

"내가 갔다 올게. 내가 제일 빠르니까."

누가 말릴세라 대꾸도 듣지 않고 휙 몸을 날리는 운현이었다.

천영영이 다급한 얼굴로 그를 쫓았다.

"야! 나도 같이 가!"

그 뒤를 이어 고민우가 자리에서 일어서서 주변을 둘러봤다.

"뭘 먹으려면 물도 있어야 하고, 불도 있어야 하니까……."

"그럼 민우 너는 나랑 마른 가지 구하러 가고. 물은 어떻게 하지?"

117

안은희가 고민우의 말에 맞장구치다가 난감하다는 얼굴을 했다. 물을 담아 올 것이 마땅치 않았기 때문이다.

어려운 문제에 다들 서로를 쳐다보며 난감한 얼굴을 하고 있는데 제갈연이 헤실거리며 해답을 꺼내 들었다.

"아무 데나 땅 좀 파면 될걸? 근처에 계곡도 많고 안개도 자욱한 게 물기가 많다는 증거잖아."

제갈연의 말에 백운설이 무심코 고개를 끄덕이다가 문득 얼굴을 찌푸렸다.

"어쩐지. 옷이 축축한 게 하루 종일 잘 안 마른다 했더니 땅에서 습기가 올라와서 그랬구나."

자리에서 주섬주섬 일어서던 혁련강이 백운설을 쳐다봤다.

"그래? 그럼 간단하게 오두막이라도 만들어 볼까?"

혁련강의 말에 철소화가 짝 하고 손뼉을 쳤다.

"어? 그것도 좋겠다, 오빠. 안 그래도 습기 때문에 짜증 났는데."

이제는 다른 이들처럼 철소화를 편하게 대하게 된 조희진이 고개를 끄덕였다.

"그럼 두 패로 나눠서 하나는 땅 파고 하나는 나무 베어 와서 오두막 만들고. 어때?"

당소문이 의욕적으로 나서는 다른 친구들을 쳐다보며 한숨을 푹 내쉬었다.

그러나 저도 어느새 엉덩이를 툴툴 털며 일어서고 있었다.

"어째 일이 좀 커지는 것 같은데……."

그리고 그 옆에는 어느새 헤실거리는 얼굴의 정주형이 함께였다.

"뭐 어때? 맨날 하던 짓이 그 짓인데. 오래 걸리는 것도 아니고 잠깐 움직이면 되는 거지. 근데……."

정주형이 미간을 좁히며 여전히 일어설 생각을 하지 않는 소무결을 내려다봤다.

"넌 안 일어나?"

"나? 내가 왜?"

"왜긴 왜야, 자식아. 말은 네가 먼저 꺼냈잖아?"

"내가? 내가 언제? 난 그냥 먹을 것 좀 구해 오라 그랬지 집 지으라 우물 파라 한 적 없다고. 일은 지들이 키워 놓고 왜 나한테 난리야?"

소무결이 뻔뻔한 얼굴로 대꾸했다.

정주형이 와락 얼굴을 구기며 품속에서 주머니 하나를 꺼내 들었다.

"너 이 새끼 그걸 지금 말이라고. 당장 안 일어나? 평생 독 걱정하면서 살아볼래?"

그리고 그 옆으로 당소문이 나란히 섰다.

"정무맹 영역은 내가 맡지."

나란히 선 정주형과 당소문을 난감한 얼굴로 쳐다보던 소무결은 결국 한숨을 푹 내쉬며 자리에서 일어섰다. 제아무리 중원이 좁다 하고 싸돌아다니던 자신이라도 사천당문과 독곡의 후계자들이 동시에 노린다고 생각하니 등골이 서늘했던 탓이다.

자리에서 엉덩이를 툭툭 털던 소무결은 어느덧 분주하게 움직이며 봉마곡에서 그랬던 것처럼 활기가 넘치는 친구들을 쳐다보며 저도 모르게 입꼬리가 추켜올라 갔다.

그러나 입에서는 여전히 마음에도 없는 말이 튀어나왔다.

"에이 씨. 산중에 오두막은 무슨 오두막이야. 그냥 대충 땅바닥이나 뒹굴면 될 일이지."

다들 일을 찾아내 분주히 움직였다.

그리고 그들이 움직이면 움직일수록 수풀만 무성할 뿐 아무것도 없던 공간은 서서히 사람 사는 꼴을 갖춰 가기 시작했다. 허름하긴 했지만 우물까지 갖춘 두 개의 오두막이 금세 모습을 드러내더니 하루하루 두어 줄기의 연기를 피워 올리는 모습이었다.

모두의 얼굴에 웃음기가 떠나지 않았다.

봉마곡에서 지내던 것처럼 매일매일이 왁자지껄 정신없이 흘러갔다.

그러나 이전과 다르다는 것을 자각하기까지는 그리 오랜 시간이 걸리지 않았다.

처음 한 달간은 하루하루 목소리가 높아지는 것 같더니 여전히 자신들의 앞을 가로막은 거대한 장벽 앞에 나날이 지쳐 가는 모습이 눈에 보일 정도였다.

야속하다는 감정을 가득 담은 눈길을 보내고, 때로는 버럭버럭 소리를 질러 봐도 한번 닫힌 봉마곡의 문은 꿈쩍도 하지 않았던 게다.

이후 조금씩 작아지기 시작한 그들의 목소리는 한 달이 흐른 뒤에는 생기가 빠져나가 딱딱한 얼굴로 필요한 말들만을 읊조렸고, 또다시 한 달이 지났을 때는 그조차도 없어졌다.

그렇게 한 달이란 시간이 더 흘렀을 무렵.

이제는 다들 작은 움직임조차도 없이 여전히 열리지 않는 봉마곡을 멍청한 얼굴로 지켜보기만 했다. 신이 나서 지은 오두막에는 눈길조차 주지 않은 채 한자리에 모여 앉아 아무것도 하지 않고 시간을 보내는 지루한 나날들이 이어졌다.

영원히 계속될 것만 같던 침묵은 한 사람이 현실에 눈을 뜨며 깨졌다.

바로 소무결이었다.

더는 바닥을 데굴데굴 굴러다니지도 않고 축 늘어져 있

던 소무결은 해가 지기 시작하고 어둠이 어둑어둑 내리기 시작할 때쯤 비칠거리며 바닥에서 일어섰다.

운현이 소무결을 쳐다봤다.

"왜? 이제 배고프냐?"

"아니, 그건 아니고."

"그럼? 한 달 내내 데굴거리기만 하더니 갑자기 왜?"

운현의 물음에 소무결은 대답보다 먼저 우둑우둑 소리를 내며 몸을 이리저리 틀더니 굳어진 관절을 풀어냈다. 크게 기지개를 켠 것을 마지막으로 고이 잠들어 있던 몸에 활력이 돌아오기 시작하자 소무결이 다시 운현을 쳐다봤다.

"이제 그만 가자."

"응?"

운현이 이해가 가지 않는다는 듯이 눈을 동그랗게 떴다. 멍하게 있던 다른 이들의 시선 역시 또렷하게 초점을 찾아가며 소무결에게로 몰려들었다.

모든 이의 시선을 한꺼번에 받은 소무결이 어깨를 으쓱거렸다.

"집에 가야지. 언제까지 여기 있을 수도 없는 거고. 이제 그만 가자."

그러나 소무결의 말에 선뜻 대꾸하는 이는 보이지 않았다. 모두들 불안한 눈으로 서로의 눈치만 살필 뿐이었다.

그 모습에 한 차례 얼굴을 찌푸린 소무결은 대뜸 옆에

있던 정주형의 뒷덜미를 낚아챘다.

"어? 어? 뭐 하는 짓이야?"

"뭐긴 뭐야. 일어나, 자식아. 집에 가자고."

"하, 하지만……."

소무결의 손길을 거부하는 정주형의 눈에는 여전히 미련이 남아 있었다. 그러나 소무결은 냉정하게 고개를 저었다.

"이만큼 기다렸으면 이제 됐어. 우리가 나왔을 때가 초여름이었는데 벌써 여름도 다 갔잖아. 근데도 아직 안 열어 주는 걸 보면 할배, 할매들도 마음 단단히 먹은 거야. 그러니까 이제 그만 가자."

정주형의 어깨가 축 늘어졌다.

대부분의 친구들 역시 마찬가지였다.

그러나 개중에는 아직도 꿈에서 깨어나지 못한 이들도 있었다.

철소화가 소무결을 쳐다봤다.

"오빠, 그러지 말고 조금만 더 기다려 보면……."

그러나 소무결은 여전히 냉랭한 얼굴을 하며 고개를 저을 뿐이었다.

"너도 알잖아. 그래 봐야 열어 주지도 않을 거라는 걸. 이제 그만 포기해. 포기하면 편해."

"어? 그거……."

철소화가 눈을 동그랗게 떴다.

소무결이 고개를 갸웃거렸다.

"왜? 뭐 잘못됐어?"

"아니, 그게 아니고…… 그거 예전에 내가 기아 오빠한
테 했던 말이라서……."

"기아? 모용기? 그러고 보니까 우리 걔들도 찾아야 하잖
아?"

"어? 맞다, 기아 오빠! 우리 오빠! 그리고 명진 오빠도 찾
아야지!"

백운설이 갑자기 손뼉을 짝 하고 쳤다.

"그러면 되겠네. 다 같이 기아랑 명진이랑 소화네 오빠
찾으러 가면 되겠네."

안은희의 얼굴에 화색이 돌았다.

"그럼 우리 다 같이 강호유람 가는 거야? 재밌겠다."

싸늘하게 얼어 있던 분위기가 다시금 흐물흐물 녹아내리
려는 순간.

고민우가 딱딱한 얼굴로 고개를 저었다.

"그건 좀……."

조희진이 고민우를 쳐다봤다.

"왜? 넌 걔네들이랑 철 공자님 찾으러 가기 싫어?"

"아니, 그건 아니고……."

"그럼 왜?"

고민우가 봉마곡 쪽으로 힐끔 시선을 던졌다.

그리고는 다시 소무결 등 정무맹 소속의 아이들을 쳐다 보며 입을 열었다.

"봉마곡에서는 같이 뒹굴어도 문제가 없었는데, 밖에서 는……."

고민우가 말끝을 흐리는데 혁련강이 고민우의 말을 이어 받았다.

"이제는 함께하기 힘들지. 그랬다가는 무슨 소리가 나올 지 모르니까."

겨우 녹아내린 분위기가 다시금 싸늘하게 얼어붙으려 하 자 임무일이 고개를 저으며 자리에서 일어섰다. 일단은 화 제를 돌려야 한다는 것을 본능적으로 느낀 것이다.

"그래도 그냥 내버려 둘 수는 없잖아. 일단은 찾아야지."

"하지만 그건……."

천영영이 난감한 얼굴로 다른 아이들을 쳐다봤다.

생각보다 한참이나 더 싸늘한 현실 앞에 모두가 다시 서 로의 눈치만 살폈다. 그리고 이번에는 소무결 역시 함께였 다.

임무일이 자신의 의도가 실패했다고 생각할 때, 제갈연 이 자리에서 벌떡 일어서며 말했다.

"무일이 말대로 손 놓고 있을 수는 없잖아. 그래도 할 수 있는 건 해 봐야지. 우리는 정무맹, 너희는 패천성. 그렇게 라도 찾아보자. 그리고 무슨 소식이 있으면 서로 연락하면 되는 거고."

다른 방법이 없었다. 그게 최선이었다.

다들 고개를 끄덕이며 엉덩이를 털고 자리에서 일어섰다.

그 때, 여태껏 입을 다물고 있던 당소문이 미간을 좁히며 말했다.

"근데…… 서천이는 왜 아무도 언급하지 않는 거냐?"

이제는 약관이 넘어, 처음 봉마곡에 왔을 때와 다르게 신체적으로 훌쩍 커 버려 누가 보기에도 어엿한 성인들이었지만 주원종이나 다른 노인들이 보기에는 여전히 애들이었다.

주원종이 터덜터덜 산을 내려가는 아이들의 뒷모습을 보며 얼굴을 찌푸렸다.

"이눔 시키들, 무공 좀 늘었나 싶었더니 그걸 못 알아 봐?"

아이들이 머무르는 내내 하루가 멀다 하고 봉마곡 밖으로 나와 아이들을 지켜봤던 주원종이었다. 그러나 누구도 그의 존재를 눈치 채지 못했다. 일부러 기척을 감춘 것이 컸지만 그래도 섭섭한 감정이 먼저였다.

주원종이 툭 튀어나온 입을 감추지 않고 있는 그 때, 팽연옥이 그의 팔을 툭 쳤다.

"그게 그렇게 섭섭했으면 한번 얼굴을 보이기라도 하지 그랬어?"

그러나 주원종은 고개를 저었다.

"그건 또 아니고…… 내가 그랬으면 저 녀석들이 아예 떠나지 못했을 테니까."

주원종이 씁쓸한 얼굴을 하고 있는데 팽연옥의 얼굴 역시 주원종의 그것과 비슷하게 닮아 갔다.

당명이 픽 웃음을 보였다.

"애들이나 자네들이나 쓸데없이 정은 많아 가지고. 그렇다고 너무 그렇게 죽을상은 하지 말고. 혹시 아나? 살다 보면 나중에 또 볼 기회가 있을지. 그러니까 그렇게 다 죽어가는 얼굴들은 하지 말게."

당명이 좋은 얼굴로 주원종과 팽연옥을 위로했다. 그러나 그들의 얼굴은 여전히 펴지지 않았다. 주원종이 여전히 어두운 얼굴로 중얼거리듯 말했다.

"우리야 그럴 수도 있지만 단가 놈은……."

아이들이 봉마곡을 나선 이후, 단정순은 자주 정신을 놓는 것을 넘어서서 경지에 이른 무인이라고는 믿을 수 없을 정도로 급격하게 쇠약해져 갔다. 그리고 한 달 전부터는 아예 자리에서 일어서지도 못하고 있었다.

팽연옥이 안희명을 쳐다봤다.

"오라버니, 언니는 아직도 거기 있는 거지?"

"그렇지. 그래서 함께 못 온 것이고. 단가 놈한테 딱 달라붙어 있어야 해서 자리를 비울 수가 없지."

"언니도 저 아이들 마지막으로 보고 싶어 했는데……."

"그건 유 형님도 마찬가지지. 그 양반이 내색을 안 해서 그렇지."

그 때 주원종이 다시 끼어들었다.

"아무리 그래도 단가 놈만 할까? 그놈 그거 아직도 정신만 놓으면 연아부터 찾는데…… 난 아직도 신기한 게, 그렇게 정이 많은 놈이 젊었을 때는 어떻게 그렇게 독하게 굴었는지. 난 지금의 그놈이 진짜 예전의 그놈이 맞는지 눈앞에서 보고도 확신이 안 될 정도라니까."

당명이 주원종을 쳐다봤다.

"그러고 보니 젊었을 때 자네가 단가 놈과 가장 많이 싸웠었지?"

"그랬지. 진짜 죽어라 싸워 댔었지. 그놈 그거 요즘은 성격이 많이 죽어서 그렇지, 젊었을 때는 지독하다 싶을 정도로 집요한 면이 있어서 내가 재주껏 피해 다닌다고 했는데도 어떻게든 찾아와서 시비를 거는데, 진짜 미칠 뻔했었지."

"근데 아직도 둘 다 멀쩡한 걸 보면, 싸우다 정이라도 든 건가? 선을 넘지 않으려 용케도 참아 냈군."

"그런 게 아니라……."

"웅? 그런 게 아니야? 그럼?"

당명의 말에 얼굴을 찌푸리던 주원종이 이내 고개를 휘휘 저었다.

"그만하지. 말해 봐야 속만 쓰리니까……."

그리고는 이제는 수풀 사이에 가려져 보이지 않는, 아이들이 마지막으로 남기고 간 흔적들

조악하게 만들어진 오두막과 우물 등을 마지막으로 휙 돌아보고는 억지로 신형을 돌렸다.

"이제 그만 가세. 그래야 형님이 문을 닫을 테니까."

안희명이 고개를 끄덕이며 주원종의 뒤를 따랐다.

"그렇지. 오래 열어 두면 오래 열어 둘수록 미련만 쌓이니까. 이제 그만 가세."

당명 역시 주원종의 뒤를 따랐다.

그리고 마지막으로 남은 팽연옥.

팽연옥은 백운설이 뒹굴거리다 뭉개진 수풀들을 가만히 쓰다듬었다.

그리고는 무언가 말이라도 하고 싶은지 입술을 들썩들썩거리다가 가만히 한숨을 내쉬고 말았다.

팽연옥이 자리에서 벌떡 일어서서 다른 노인들의 뒤를 따랐다.

"나도 같이 가, 이놈들아."

❖ ❖ ❖

시간 차를 두긴 했지만 두 번의 헤어짐은 속이 쓰리게 만들기에 충분했다.

눈을 뜨면 매일같이 마주치는 얼굴들이 사라지자 왠지 모를 상실감에 저도 모르게 말이 없어지고 분위기가 축 처졌다.

앞장서서 걸어가던 소무결이 축 늘어진 채 걸어오는 친구들을 돌아보며 못마땅하다는 듯이 얼굴을 찌푸렸다.

"아, 진짜. 그만들 좀 해. 누가 죽었어? 누가 죽었냐고?"

운현이 미간을 좁혔다.

"정이라고는 눈곱만큼도 찾아볼 수 없는 새끼. 말을 해도 꼭……."

"내가 틀린 말 했어? 평생 못 보는 것도 아니고, 정 뭣하면 어디 숨어서라도 만나면 되는 걸 가지고 그렇게 죽을상을 해야겠어? 지켜보는 사람까지 기분 축축 처지게 우중충한 얼굴을 하고는."

소무결이 쯧쯧 혀를 찼다.

여전히 기분이 좋지 않았던 운현이 울컥하려는데 천영영이 운현의 팔을 잡아 그를 만류했다.

"무결이 말이 맞아. 우리 이제 그만하자. 주형이네 애들만 해도 순무대전에서 만날 수 있잖아."

전혀 위로가 되지 않는다.

순무대전은 2년 후에나 있기 때문이다.

그러나 천영영에게 짜증을 낼 용기는 없었던지 운현은 입을 툭 내미는 것으로 불만을 대신했다.

그 모습을 지켜보던 제갈연이 저도 모르게 소리를 내어 웃었다.

운현이 제갈연을 흘겨봤다.

"너 왜 웃어?"

제갈연이 얼른 고개를 저었다.

"아, 아냐. 아무것도."

그리고는 제갈연이 소무결을 쳐다봤다.

"그럼 이제 어떻게 할 거야? 벌써 안휘로 들어왔는데? 정말 모용 공자랑 명진 도장, 철 공자 찾을 거야?"

소무결이 고개를 끄덕였다.

"당연하지. 어차피 삼룡이봉 뽑으려면 1년 정도 남았는데 미리 가서 뭐 하게? 걔들이나 찾지, 뭐. 근데……."

소무결이 애매하다는 얼굴로 제갈연을 쳐다봤다.

"왜? 내 얼굴에 뭐 묻었어?"

"아니, 그게 아니고 우리한테는 야, 너 잘하면서 기아 놈은 왜 아직도 모용 공자야? 명진이 녀석도 그렇고."

"아, 그거?"

제갈연이 난감하다는 얼굴로 뒷말을 이었다.

"아직 안 친해서⋯⋯."

제갈연의 말에 천영영이 풋 하고 웃음을 터트렸다.

그리고 제갈연을 쳐다보며 목소리를 냈다.

"기아가 그 말 들으면 되게 섭섭해할걸? 어쩌면 광분해서 우리한테 화풀이하려고 할지도 모르겠다."

"어? 그런⋯⋯."

제갈연이 당황한 얼굴을 감추지 못하고 얼굴이 빨개졌다. 백운설까지 나서서 제갈연을 놀리는 데 동참하자 여태껏 가만히 있던 당소문이 참다못해 입을 열었다.

"그러니까 서천이는 왜 아무도 신경 안 쓰냐고!"

참룡
회귀록

斬龍
回歸
錄

60 章.

백운설이 단단하게 닫힌 철문을 요리조리 뜯어봤다.

"여기야?"

"맞을걸? 근데 왜 이게 닫혀 있지?"

저답지 않게 모처럼 말끔하게 차려입은 소무결이 백운설
의 질문에 고개를 끄덕이다가 미간을 좁혔다. 그리고는 당
소문을 향해 시선을 던졌다.

"야, 여기 남궁세가 맞지? 원래 남궁세가가 문을 닫아 놓
냐?"

소무결과 비슷한 얼굴을 하고 있던 당소문이 고개를 저
었다.

"아니. 평소에 대문 열어 놓는 걸로 유명한 게 남궁세가

135

라는 거 너도 잘 알 텐데?"

"그러니까 하는 말 아니야? 이게 왜 닫혀 있냐고? 덤빌 테면 다 덤벼 봐 그러면서 미친놈처럼 대문 활짝 열어 놓는 게 남궁세가잖아. 근데 왜 이게 닫혀 있냐고?"

소무결의 말에 당소문이 흠칫 몸을 떨었다. 그리고는 주위를 휘휘 살피더니 아무도 없다는 것을 제 눈으로 확인한 후에야 소무결을 다시 쳐다봤다.

"이 자식. 미친놈이 뭐야, 미친놈이…… 진짜 죽고 싶어서 그래?"

"죽긴 개뿔. 어차피 아무도 없는 거 다 알고 말한 건데. 그것보다 얘네 문이 왜 닫혔는지나 생각해 봐. 뭐 짚이는 것 없어?"

당연히 없었다.

그리고 제 머리를 짜내 봐야 고통스럽기만 하고 끝이라는 것을 누구보다 잘 아는 당소문이었다.

당소문이 고민도 하지 않고 제갈연을 쳐다봤다.

그의 시선을 받은 제갈연은 당소문의 기대를 채워 줄 생각이 없는지 고개를 저었다.

"나도 모르지."

"뭐…… 떠오르는 것도?"

"그것도 뭘 알아야 떠오르는 게 있지. 난 남궁세가는 물론이고 안휘 자체가 처음이야. 근데 뭐가 떠오르겠니?"

당소문이 끙 하고 앓는 소리를 내며 입을 다물었다.

그리고는 소무결에게 말했다.

"그러지 말고 그냥 개방을 찾아가는 게……."

"안 된다니까. 너도 우리 사부 성격 알잖아. 내가 괜히 때밀고 옷 갈아입은 줄 알아? 우리 사부한테 안 들키려고 그러는 거잖아."

"어? 그거 남궁세가 찾아간다고 예의 차리려고 그런 것 아니었어?"

"거지가 예의는 개뿔. 너 제정신이야? 거지한테 예의를 찾게? 헛소리하지 말고 이거 왜 이런지나 생각해 봐."

가만히 보고 있던 백운설이 소무결을 타박했다.

"야, 너 연아한테 왜 그래? 얘가 뭐 무불통지라도 되는 줄 알아? 얘도 처음 와 본다는데 왜 자꾸 곤란하게 해?"

"그거야 제갈이니까. 제갈이면 안 봐도 척척 알아맞혀야 되는 거 맞잖아. 그러니까……."

백운설이 쯧 하고 혀를 차며 소무결의 말을 끊었다.

그리고는 저도 모르게 고개를 절레절레 저었다.

"삼국지연의가 애들 다 버려 놓는다니까. 그거 쓴 사람은 왜 그런 뻥을 쳐서는."

괜히 무시당하는 기분에 소무결이 울컥하려는 순간.

운현과 천영영이 고개를 갸웃거리며 다가왔다.

천영영이 소무결과 백운설 사이로 끼어들며 말했다.

"왜 그래? 너희들 왜 또 싸워?"

"그거야 쟤가 말도 안 되는 소릴 하니까……."

"그거야 쟤가 날 무시하니까……."

똑같은 순간에 말을 쏟아 내는 둘을 번갈아 쳐다보며 운현이 혀를 찼다.

"아주 하는 짓이 똑같다니까. 너희들은 대체 언제 철들래?"

"뭐, 인마?"

"이게 진짜……."

서로를 향하던 두 개의 화살이 운현을 향해 동시에 방향을 틀었다.

그러나 운현은 여전히 한심하다는 얼굴로 혀를 쯧쯧 차더니 이내 고개를 저었다.

"됐고. 여기서 죽치고 있어 봐야 별 소용도 없을 테니까 어디 객잔이나 잡자."

운현의 말에 얼굴을 잔뜩 찌푸리던 소무결이 한순간에 눈을 동그랗게 떴다.

"응? 그건 또 무슨 말이야? 너 뭐 좀 주워들은 거 있어?"

"당연하지. 그러려고 영영이랑 돌아다녔는데."

"어? 그건 너희 둘이 놀러 다니려고……."

운현이 인상을 긁었다.

"아니거든!"

"어, 아니야? 난 너희 둘이 맨날 사라지길래 이번에도 그런 줄……."

천영영이 버럭 소리를 질렀다.

"야! 소무결! 죽을래?"

소무결이 움찔 몸을 떨더니 딴청을 피웠다.

백운설이 한숨을 푹 내쉬더니 천영영에게 다가가 팔짱을 꼈다.

"영영이 네가 참아. 쟤가 생각 없는 게 하루 이틀이야? 그냥 한 귀로 듣고 한 귀로 흘려. 그리고…… 너희 둘이 시도 때도 없이 사라지는 것 맞잖아."

"이…… 운설이 너까지……."

천영영이 억울하다는 얼굴을 했다. 헤실거리는 백운설의 얼굴이 오늘따라 얄밉게 느껴졌다.

그 때 제갈연이 아이들을 진정시켰다.

"그만하고…… 그보다 그냥 가자니 무슨 말이야? 남궁세가와 관련된 얘기 맞지?"

제갈연의 질문에 운현이 고개를 끄덕였다.

"맞아. 여기 백날 있어도 소용없어. 그러니까 그만 가자."

"그러니까 왜? 왜 그냥 가자는 거냐고 묻는 거잖아."

운현이 굳게 닫힌 남궁세가의 철문을 힐끔 쳐다보며 말했다.

"봉문했대."

제법 깔끔해 보이는 객잔에 짐을 풀고 아래층에 내려와 탁자를 잡고 나서도 소무결은 여전히 이해가 가지 않는다는 얼굴이었다.

"남궁세가가 봉문을? 대문 활짝 열어 놓는 걸 자랑으로 삼는 놈들이? 아니 대체 왜?"

말은 많았지만 결국은 하나의 질문이다.

그것을 알아챈 운현이 목소리를 냈다.

"2년 전에 신응교랑 큰 싸움이 있었대."

"신응교? 은희? 안 씨 할배?"

"어. 거기 맞아."

소무결이 황당하다는 얼굴을 했다.

"아니 대체 얼마나 큰 싸움이었길래 봉문을 할 정도로…… 그럴 리가 없을 텐데? 남궁세가가 봉문을 할 정도면 서로 죽자고 싸웠다는 건데 남궁가주나 신응교주…… 그러니까 은희네 아버지가 미친 것도 아니고 그럴 리가 없을 텐데……."

의문이 풀리기는커녕 더 큰 의문이 생겨났다.

그러나 그것은 운현도 풀어 주지 못했다.

"그건 나도 몰라. 물어봐도 자세한 내막을 아는 사람이 없더라고. 사실 그건 강호인들도 당사자가 아닌 이상 잘 모르는 거잖아. 알아볼 길이 없더라고."

틀린 말이 아니었다.

더 다그칠 길도 미연에 방지한 운현이 미간을 좁히며 입을 다무는 소무결에게 은근하게 눈빛을 보냈다.

"그래서 말인데……."

"그래서 말인데는 무슨. 말해. 뭔데?"

"다른 게 아니고, 네가 홍 방주님께 들키는 게 정 걱정되면 그냥 조용히 거지 몇 명 잡아와서 물어보는 게……."

"이 새끼, 그걸 지금 말이라고……."

"왜? 안 돼?"

"안 되는 게 아니라 해 봐야 소용없으니까 그러지."

소무결의 말에 운현이 한숨을 푹 내쉬었다.

"역시 그렇지? 남궁세가 정도 되면 개방도 무작정 정보를 캐기는 좀……."

"이 자식이 우리 개방을 뭘로 보고! 마음만 먹으면 남궁이 아니라 황궁이라도 속속들이 알 수 있는 게 우리 개방이거든! 고작 남궁세가 따위를 어디다…… 헙!"

자신의 입을 급하게 틀어막은 당소문을 보며 소무결이 얼굴을 찡그렸다.

소무결이 당소문의 손을 떼어 내며 목소리를 냈다.

"넌 또 왜?"

"넌 또 왜가 아니라 너 미쳤어? 세상 살기 싫어? 말 좀 곱게 하라고. 그거 남궁가주님 귀에 들어가면 진짜 싸움 난다."

"아, 그러니까 겁 안 난다니까?"

그러나 어느새 작아져 있는 소무결의 목소리였다. 픽 웃음을 흘리는 당소문을 애써 모른 체하는 소무결에게 다시금 운현이 물음을 던졌다.

"그럼 왜 안 되는데?"

"왜 안 되긴? 생각 좀 해라, 자식아. 남궁세가 정도면 특급이라고. 그런 걸 아무나 다 알고 있겠어? 총타에서도 장로급이나 돼야 접근할 수 있는 거라고. 그걸 아무 거지나 데려다 물어본다고 제대로 된 대답이 나오겠어?"

운현이 끙 하고 입을 다물었다. 할 말이 없었던 탓이다.

백운설이 입을 다문 운현을 대신해 소무결에게 질문했다.

"그럼 이제 어떻게 하지?"

"글쎄…… 이거 진짜 사부 찾아가서 물어보기라도 해야 하나?"

제갈연이 다시 고민에 빠지려 하는 소무결에게 넌지시 말했다.

"홍 방주님이 그렇게 무서워?"

"아니, 그건 아니고. 기껏해야 몇 대 맞는 건데 뭐. 옛날이라면 모를까 할배, 할매들한테 뼈가 가루가 되라 쥐어 터졌는데 그 정도쯤이야."

"그럼?"

"이번에 잡혀가면 답이 없으니까 그렇지. 모르긴 몰라도 한 1년은 꼼짝도 못할걸? 나뿐만 아니라 너희들도. 그러고 나면 바로 삼룡이봉 뽑는 거고 그러면 또 순무대전 끝날 때까지 꼼짝도 못 하고…… 진짜 답도 없다고."

그것은 제갈연 자신도 곤란했다.

다른 아이들 역시 마찬가지였다.

그래서 다들 골똘히 생각에 잠기려다가 한순간 다 같이 시선을 돌렸다.

"어라?"

"이건 뭐지?"

"왈패들인가?"

"수가 제법 많네?"

"무인 같기고 하고."

저마다 한마디씩 쫑알거렸다.

그런 친구들을 쳐다보며 당소문이 한숨을 푹 내쉬었다.

"시끄러워지지만 않으면 좋겠는데."

그의 말이 끝나기 무섭게, 황색 무복에 가슴에 주먹 권자가 새겨진 무인들이 우르르 객잔으로 몰려들었다.

그리고는 험악한 얼굴로 일층에 자리한 손님들을 모조리 몰아내기 시작했다.

"비켜! 비켜!"

"자리 비우지 못해!"

그리고 그들의 정체를 한눈에 알아본 소무결이 미간을 좁혔다.

"쟤네 금표문인데……."

운현이 관심을 보였다.

"금표문? 그게 뭔데?"

"있어, 그런 게. 근데 저것들이 왜 저렇게 설쳐? 평소에는 찍소리도 못 한다고 들었는데."

탁자를 차지한 사람들을 몰아내는 금표문의 무사들을 소무결이 못마땅하다는 눈으로 쳐다보며 투덜거렸다.

제갈연이 소무결의 말을 용케 알아듣고 대답했다.

"남궁세가가 봉문했다면서. 원래 호랑이가 없으면 여우가 왕이라고, 이럴 때 아니면 언제 한 번 기라도 펴 보겠어? 기회다 싶은 거지."

"기회는 무슨. 저러다 남궁세가가 봉문 풀고 나오기라도 하면 그 길로 줄초상 나는 건데. 저게 제정신으로 할 짓이야?"

어느새 예전처럼 싸늘한 얼굴을 한 천영영이 소무결의 말을 받았다.

"제정신이 아니니까 저러는 거지. 넌 저것들이 제정신으로 보여?"

소무결이 순순히 고개를 끄덕였다.

"그렇긴 하네. 제정신 박힌 인간이라면 남궁세가가 봉문이 아니라 쫄딱 망했다는 소문이 돌아도 십 년은 납작 엎드려서 있을 텐데 말이야. 정신이 나가도 단단히 나갔네."

그 때 운현이 소무결의 팔을 툭툭 쳤다.

"야, 어쩔까? 남궁세가 대신이라고는 좀 뭣하기는 한데, 한바탕할까?"

"글쎄……."

팔짱을 끼고 고개를 모로 기울이던 소무결이었으나, 이내 고개를 저었다.

"됐다, 됐어. 똥이 무서워서 피하나? 더러워서 피하지. 괜히 소란 일으켰다가 누가 우리 알아보기라도 하면 우리 사부 귀에 들어가는 거 순식간이야. 그냥 피하자."

소무결이 자리에서 벌떡 일어나 이층으로 가는 계단으로 향했다.

다른 아이들 역시 소란을 일으킬 생각은 없었던 터라 소무결의 뒤를 따르려는데 금표문의 무사 셋이 일행의 앞을 턱하니 막아섰다.

소무결이 얼굴을 찌푸리며 자신의 앞을 막아선 무사들을 번갈아 가며 쳐다봤다.

"뭡니까?"

소무결의 삐딱한 태도에 비교적 젊어 보이는 무사 둘이 울컥한 얼굴로 검을 뽑으려 했다.

"이 새끼가 건방지게!"

"감히 우리가 누군지 알고!"

그러나 가운데에 있던 조금은 나이가 들어 보이는, 덥수룩한 수염에 제법 덩치가 큰 사내가 양팔을 뻗어 젊은 무사들을 제지했다.

"그만, 그만."

"죄, 죄송⋯⋯."

"아, 예."

소무결이 눈을 빛냈다.

'호오. 제법 직위가 높은가?

소무결의 생각이 맞다고 증명이라도 하듯이 가슴에 박힌 글자의 색이 달랐다.

다른 이들은 흰색이었는데 혼자 적색이었던 탓이다.

소무결이 호기심이 가득한 얼굴로 가슴에 새겨진 글자의 색을 살피고 있는데, 그 순간 붉은 글자를 가슴에 박은 사내가 손가락을 뻗어 제갈연과 백운설을 콕 짚었다.

"너, 너. 우리 문주님 시중 들어라."

제갈연과 백운설이 황당하다는 얼굴로 서로를 쳐다봤다.

"너?"

"너?"

그리고 멍청한 얼굴을 하고 있던 운현이 한순간 빠드득 이를 갈았다.

"이 새끼! 우리 영영이를 네가 무시해?"

운현이 검을 겨누는 순간.

"흡!"

텁석부리 사내가 급하게 숨을 들이켰다.

심장을 찌르는 듯한 짜르르한 느낌.

긴장감을 드러내려던 텁석부리 사내는 이내 어리둥절한 얼굴을 했다.

"어라?"

날카로운 예기가 한순간 자취를 감춰 버렸기 때문이다.

'잘못 봤나?'

텁석부리 사내가 고개를 갸웃거리는데 어느새 고개를 돌린 운현은 안절부절못하는 모습이었다.

잔뜩 독이 오른 천영영이 가늘게 눈을 뜨며 자신을 노려보고 있었기 때문이다.

"왜? 왜?"

"됐어! 앞으로 나한테 말 걸지 마!"

천영영이 앙칼지게 소리치더니 그녀의 신형이 스르륵 흩어져 내렸다.

"아니, 대체……!"

운현이 영문을 모른다는 듯 당황한 얼굴을 했다.

그러나 그게 우선이 아니라는 것은 그간의 경험을 통해 뼈저리게 깨우치고 있었다.

뭘 잘못했는지가 먼저가 아니라 일단은 사과가 우선이었다.

"아, 아니 그게 아니고! 영영아 미안! 자, 잠깐만!"

그리고는 천영영이 그랬던 것처럼 운현이 남긴 잔상이 스르륵 흩어져 내렸다.

소무결이 저도 모르게 고개를 절레절레 저었다.

"하여간, 저건 벌써부터 꽉 잡혀 가지고는……."

그리고는 멍청한 눈을 하고 있는 금표문의 무사들을 향해 시선을 돌렸다.

그중에서도 텁석부리 사내를 콕 짚었다.

"아저씨."

"히끅!"

텁석부리 사내가 경기를 일으키기라도 하듯 크게 몸을 떨었다.

자신들을 윽박지르던 젊은 무사 둘은 아예 미동도 하지 못하고 딱딱하게 얼어붙어 있었다.

소무결이 백운설과 제갈연을 힐끔거리며 말했다.

"그러니까 얘네들 시중을 받아야겠다고?"

"히끅! 아, 아니 그러니까…… 히끅! 그, 그게 아니…… 히끅!"

딸꾹질이 멎지 않아 말이 뚝뚝 끊어졌다.

소무결이 얼굴을 찌푸렸다.

"아저씨, 딸꾹질이 안 멎어? 내가 도와줄까?"

"아, 아니 괜찮…… 히끅!"

그 때 들려온 제법 중후한 목소리.

"장 단주, 거기 무슨 일인가?"

아직 정리가 되지 않은 객잔 안으로 들어선 금표문주 이일홍이 대뜸 화부터 내려다가, 백운설과 제갈연을 확인하고는 억지로 목소리를 가다듬은 것이다.

이제 사십대 정도 되어 보이는 제법 장대한 체구의 이일홍이 모습을 드러내자 텁석부리 사내가 얼른 다가서 고개를 숙였다.

"어? 히끅! 무, 문주님 그게…… 히끅!"

이일홍이 눈살을 찌푸렸다.

"어허, 이 친구가. 손님들도 계신 자리에서……."

당장이라도 손을 올리고 싶은 것을 억지로 참는 것이다.

백운설과 제갈연의 앞에서 나름 군자 태를 내고 싶었던 것이 이유였다.

'강제로 취하기보다는 저 스스로 안기는 게 더 낫지.'

이일홍이 손을 휘휘 저었다.

"자네는 일단 물러서 있도록."

"아, 아니 문주님. 그게 아니고……."

"어허! 이 친구가 정말! 손님 앞에서 이게 무슨 짓인가! 당장 물러서지 못해?"

버럭 호통을 쳐 텁석부리 사내를 물린 이일홍이 이내 걸음을 옮겼다.

은은한 미소를 머금고 다가서는 이일홍을 힐끔 쳐다본 백운설이 소무결의 옆구리를 콕콕 찔렀다.

"누군지 알아?"

"보면 몰라? 딱 봐도 금표문주잖아."

백운설이 얼굴을 찌푸렸다.

그 기색을 눈치 챈 제갈연이 다시 소무결에게 질문했다.

"운설이 말은 그게 아니잖아. 저 사람 누구야?"

"음…… 그게…….."

말끝을 흐리며 무언가를 떠올리는 듯한 소무결은 이내 더듬더듬 말을 이어 갔다.

"이름은 기억이 안 나고, 무슨 권법을 쓴다고 들은 것 같은데…… 그게 아마 주먹으로 검기도 받아 낸다 해서 별호가 철권이었던가? 그랬던 것 같아."

소무결의 말에 이일홍의 얼굴에 화색이 돌았다.

"어린 친구가 잘 아는군. 맞네. 내가 바로 철권 이일홍일세."

스스로를 드러낼 수 있도록 도움을 주겠다는데 마다할 이유가 없었던 것이다.

그러나 상대는 자신이 원하는 반응을 보이지 않았다.

백운설과 천영영은 비웃음이 다분히 섞인 웃음을 피식피식 흘렸고, 당소문은 어이가 없다는 얼굴로 고개를 저었다.

예상치 못한 반응에 이일홍이 미처 화를 내지도 못하고

멍한 얼굴을 하고 있는데, 당소문이 어느덧 다시 차가운 얼굴을 하며 독설을 쏟아 냈다.

"검기는 무슨. 과장도 정도껏 해야지. 그냥 검을 맨손으로 받아 내는 것도 고된 수련을 쌓아야 하는데 검기를 맨손으로? 과장이 지나치다."

이일홍의 얼굴이 단번에 터질 듯 붉어졌다.

"이, 이놈이……!"

이일홍이 벌컥 화를 내며 주먹이라도 뻗으려는 찰나, 제갈연이 헤실거리는 얼굴로 한 걸음 앞으로 나섰다.

"에이, 왜 그러세요? 얘가 뭘 모르고 한 말인데 그냥 웃고 넘기세요."

비음이 섞인 제갈연의 목소리에 온몸이 나긋나긋 녹아 버리는 느낌이었다. 이일홍의 얼굴이 언제 그랬냐는 듯 스르륵 풀리더니 저도 모르게 허허 웃음을 보였다.

"그, 그렇지. 나이가 어리면 객기도 부리는 법이지. 내 소저 얼굴을 봐서 한 번은 넘어가도록 하겠소."

백운설이 요게 왜 이러나 하는 얼굴로 제갈연의 팔을 쿡쿡 찔렀다.

"너 뭐 잘못 먹었어? 갑자기 왜 안 하던 짓을 해?"

"맨손으로 검기도 받아 낸다잖아. 넌 궁금하지도 않아? 그게 사실인지 아닌지?"

그리고는 다시 헤실거리는 얼굴로 이일홍을 쳐다봤다.

"문주님, 저랑 내기 한 번 하실래요?"

넋이 나간 듯 헤벌쭉 입을 벌리고 있던 이일홍이 얼른 침을 닦으며 대답했다.

"내, 내기? 무슨 내기?"

"문주님이 정말 맨손으로 검기를 받을 수 있으면 저희가 문주님이 원하는 바를 들어 드리고, 그게 아니면 저희가 궁금한 것이 좀 있는데 문주님이 대답해 주시는 걸로. 어때요? 내기 한 번 하실래요?"

제갈연의 말에 이일홍이 가소롭다는 듯이 픽 웃음을 보였다.

'검기는 무슨. 나도 이 나이 되도록 검기는 본 적도 없는데.'

그것은 제법 이름을 날리는 명문의 후기지수라도 불가능한 일이라 생각했다.

그래도 혹시나 싶어 이일홍이 잠깐 눈을 가늘게 뜨며 제갈연의 검을 살폈다.

'무슨 신검 같은 것도 아닌 것 같고, 그냥 싸구려 철검이라면 뭐······.'

계산이 섰다.

이일홍이 환하게 고개를 끄덕였다.

"좋소. 그렇게 하도록 하지."

그리고는 백운설에게 음흉한 눈길을 보냈다.

"그럼 저 소저도?"

백운설이 징그럽다는 듯이 얼굴을 찌푸렸다.

그러나 제갈연은 여전히 헤실거리는 얼굴이었다.

"어머, 운설이도? 욕심도 많으셔. 뭐, 그래도 약속은 약속이니까."

제갈연이 고개를 끄덕이기가 무섭게 이일홍이 뒷짐을 풀고 오른손을 내밀었다.

"긴장하는 것이 좋을 것이오. 내가 오늘 이 주먹으로 소저 마음을 훔쳐 갈 테니까…… 어?"

흐뭇한 얼굴을 하던 이일홍이 한순간 두 눈을 찢어져라 크게 떴다.

시선을 어지럽히는 푸른빛의 검기.

제갈연의 검을 둘러싸고 있는 선명한 검기에 이일홍이 당황한 얼굴로 주춤거리며 물러섰다.

"마, 마…… 말도 안 되는……."

탁자 등을 모두 걷어 내고 만들어진 제법 넓은 공간.

이일홍을 필두로 금표문의 무사들이 모조리 무릎을 꿇고 있었다.

그리고 그 앞에 서서 헤실거리고 있는 제갈연의 얼굴에

소무결이 팔꿈치로 백운설의 팔을 툭툭 쳤다.

백운설이 소무결을 쳐다봤다.

"왜?"

"난 가끔 쟤가 무서워."

소무결의 말에 백운설이 픽 웃음을 흘렸다.

그러나 한편으로는 소무결의 심정도 충분히 이해할 수 있었다.

분명 검을 썼는데도 피는 한 방울도 흘리지 않은 이질적인 광경.

무작정 검을 휘두르는 것 같아도 정확하게 검면만을 사용해 적을 제압한 것이다.

소무결이 떡이 되었다고 해도 무방할, 형체를 알아볼 수 없을 정도로 망가진 금표문 무사들의 얼굴을 쳐다보며 다시 중얼거렸다.

"단 씨 할배는 가르쳐도 저런 걸 가르쳐 가지고는……."

"그거야 연아 쟤가 피 보는 걸 싫어하니까 그런 거잖아."

"그래도 저게 뭐야? 검기로 저렇게 두들겨 맞으면 낫지도 않는다고. 평생 저 꼴로 살아야 할걸?"

그러나 백운설은 여전히 고개를 저었다.

"그럼 연아가 다쳤으면 좋겠어? 그건 아니잖아."

"그렇긴 한데…… 그래도 예전처럼 피를 보고 경기를 일으키는 것도 아닌데 꼭 저렇게…… 평생 저 꼴로 살게 할

바에는 그냥 깔끔하게 죽이는 게 낫지."

"그건 네 생각이고. 저 사람들 생각은 다를걸? 소문이 네 생각은 어때?"

백운설의 질문에 팔짱을 낀 채 한 걸음 물러서 있던 당소문이 고개를 저었다.

"나는 무결이 말이 맞다고 본다. 질이 안 좋은 녀석들인 것 같은데, 괜히 후환을 남기기보다는 깔끔하게 정리하는 게 낫다."

당소문의 말에 백운설이 얼굴을 찌푸렸다.

"하여간 냉정하다니까."

백운설이 마음에 들지 않는다는 얼굴로 고개를 절레절레 젓고는 제갈연에게로 다가섰다.

백운설의 기척을 느낀 제갈연이 시선을 돌렸다.

"왜? 너도 물어볼 게 있어?"

"그게 아니고, 언제까지 이 짓 할 거야? 더 캐 봐야 나올 것도 없어 보이는데. 소문이나 무결이 말대로 깔끔하게 묻어 버리든지 아니면 빨리 치워 버리든지 뭐든 얼른 하라고. 나 배고파."

제갈연이 미간을 좁히며 이일홍 등을 돌아봤다.

제갈연의 심기가 불편한 듯 보이자 이일홍을 비롯한 금표문의 무사들이 한꺼번에 몸을 움찔 떨었다.

"사, 살려……!"

"살려 주십시오!"

그리고는 냅다 바닥에 머리를 박았다.

그 모습에 못마땅하다는 얼굴을 하던 제갈연이 손을 휘적휘적 내저었다.

"그만 가 봐요."

이일홍이 고개를 번쩍 쳐들었다.

"예? 예?"

제갈연이 다시 얼굴을 찌푸렸다.

"내 말 못 들었어요? 그만 가 보라고요. 아니면 진짜 쟤들 말대로 묻어 드려요?"

이일홍이 다급하게 손을 내저었다.

"아, 아닙니다! 제, 제가 실수를……!"

백운설이 발끈하며 목소리를 높였다.

"아, 진짜! 진짜 묻어 버리기 전에 입 다물고 그만 가 보라고! 확 그냥!"

그제야 금표문의 무사들이 후다닥 객잔을 빠져나갔다.

빼곡하게 차 있던 공간이 휑하니 비워지자 소무결이 탁자를 가져와 중앙에 턱하니 놓았다.

그리고는 의자까지 가져와 엉덩이를 붙이며 주위를 돌아봤다.

"이러니까 좋네. 안 그래도 사람 많은 거 싫었는데. 그보다 여기 주인은 어디 갔어? 주문은 받아야 할 거 아냐?"

소무결이 주위를 휘휘 둘러보다가 한쪽 구석에서 오들오들 떨고 있는 객잔 주인을 향해 손짓을 하려는데 당소문이 소무결의 손목을 턱하니 낚아챘다.

소무결이 당소문을 쳐다봤다.

"왜 또? 나도 배고프다고."

"그 전에……."

당소문이 객잔의 이층을 올려다봤다.

난간에서 내려다보고 있던 중년인과 눈길을 맞춘 당소문을 쳐다보며 소무결이 얼굴을 찡그렸다.

"야, 귀찮은 것 싫다고 모른 척하기로 했잖아. 고새 잊어먹은 거야?"

소무결의 말에 이층의 중년인이 저도 모르게 허 하고 헛웃음을 흘렸다.

그 모습을 본 당소문은 확신을 한 얼굴로 고개를 끄덕였다.

"역시……."

소무결이 고개를 갸웃거렸다.

"왜? 무슨 일인데?"

"아무래도 아는 사람인 것 같다."

"아는 사람? 누군데?"

소무결이 호기심이 가득한 얼굴로 이층의 중년인을 올려다보는데, 그 순간 당소문이 양손을 모으며 길게 읍을 했다.

"당소문이 남궁 장로님을 뵙습니다."

"남궁 장로? 진짜?"

소무결이 눈을 동그랗게 떴다. 백운설과 제갈연 역시 마찬가지였다.

"아, 아차! 이럴 때가 아니고……."

소무결이 얼른 고개를 젓고는 자리에서 일어섰다.

그리고는 당소문이 그랬던 것처럼 예를 갖추려고 하는데, 한쪽 소매를 펄럭이며 툭 떨어지듯 모습을 드러낸 중년인.

남궁진우가 한쪽 남은 팔을 내저어 소무결을 만류했다.

"그럴 필요 없다. 이제는 남궁이 아니니까."

남궁진우에게 물어보고 싶은 것이 많았다.

그러나 입이 쉽게 떨어지지 않았다.

안면도 없는데 한눈에 보기에도 아파 보이는 부분을 건드리는 것은 어려운 일이기 때문이다.

그래서 소무결이 남궁진우의 눈치만 살피고 있던 그 때, 제갈연이 당소문의 팔을 툭 쳤다.

제갈연을 힐끔 돌아본 당소문이 한숨을 푹 내쉬더니 남궁진우를 쳐다보며 떨어지지 않는 입을 억지로 열었다.

"그 팔은……."

당소문의 말에 남궁진우가 자신의 빈 소매를 쳐다봤다.

"이거 말인가?"

남궁진우는 가만히 입을 다물고 있는 당소문과 시선을 맞추며 고개를 저었다.

"벌을 받은 거지. 혈육을 버렸으니까."

당소문이 흠칫 몸을 떨었다.

당소문의 목소리가 더 조심스러워졌다.

"혹시 가문에서……?"

"그건 아니네. 그 부분은 가문에서 쫓겨나는 걸로 끝맺음을 했으니까."

"어? 그건……."

"그럴 것 없네. 내가 잘못한 것이 맞으니까."

남궁진우가 두 눈을 동그랗게 뜬 당소문을 쳐다보며 쓴 웃음을 보였다.

궁금한 것은 많았지만 그의 아픈 곳을 캐묻기가 어려웠던 당소문이 난감한 얼굴을 했다.

그러나 여전히 의문이 앞섰던 그는 남궁진우의 눈치를 살피면서도 결국은 목소리를 냈다.

"저……."

"말해 보게."

남궁진우가 선선히 고개를 끄덕이자 당소문이 한결 가벼워진 얼굴로 다시 입을 열었다.

"다른 게 아니고 2년 전에 큰 싸움이 있었다고 하던데,

혹시 그때……."

"맞네. 그 때 잘린 것이지. 잘렸다기보다는 뜯겨져 나갔다고 해야 하나?"

소무결이 움찔 몸을 떨었다.

봉마곡에서 봤던 안희명의 응조공이 문득 떠올랐기 때문이다.

같은 생각을 한 것인지 낯빛이 좋지 않은 제갈연 등을 대신해 소무결이 다시 질문했다.

"혹시 신응교에서……."

"아니, 그건 아니네. 다른 사정이 좀 있었지. 신응교와는 관계가……."

부정하던 말을 하던 남궁진우가 한순간 고개를 갸웃거렸다.

"아니지. 관계가 있나? 신응교가 아니었다면 그들에게 잡혀갈 일도 없었을 테고."

갈수록 모를 말만 하는 남궁진우였다.

백운설이 소무결을 툭툭 쳤다.

소무결이 얼굴을 찡그리다가 어쩔 수 없다는 듯이 다시 입을 열었다.

"그렇게 두서없이 말씀하시면 알아듣기가 좀……."

"아, 그렇지? 그런데 이거 어쩌나? 내가 자세한 사정을 말해 줄 수는 없는데."

"혹시 가문에서……?"

"그런 것도 있다만 그보다는 자네 사부가 내게 신신당부 했네."

남궁진우의 입에서 홍소천이 언급되자 소무결이 눈을 동그랗게 떴다.

"우리 사부…… 아, 아니 우리 사부님이요?"

"그래. 자네 사부가 내게 말했지. 입 다물고 있으라고. 궁금한 게 있으면 자네 사부에게 직접 물어보게나."

"아니, 우리가 대협을 만날 줄 사부님이 어떻게 알고……."

"자네들이 절강으로 향한 것은 비밀이 아니네. 다시 개봉으로 돌아가려면 안휘를 거쳐야 하고……."

말을 잇던 남궁진우가 또다시 쓴 웃음을 보였다.

"그 덕에 패천성과 분쟁이 일어난 것이고."

"부, 분쟁? 패천성이요?"

갈수록 일이 커졌다. 소무결의 의문이 점점 더 커지는 모습이었지만 남궁진우는 여전히 고개만 저을 뿐이었다.

"자네 사부에게 물어보게나. 자네의 의문을 풀어 줄 수 있는 것은 사부뿐이니."

소무결이 당소문을 쳐다보며 눈만 깜빡깜빡했다.

그것은 당소문 역시 마찬가지였다.

그 때 남궁진우가 다시 목소리를 냈다.

"그러고 보니, 모용기란 녀석을 아는가?"

제갈연이 반가운 이름에 반응을 보이려는데 백운설이 먼저 다급하게 입을 열었다.

"모용기? 기아요? 기아를 아세요?"

"잠깐 본 적이 있네."

"기아를요? 걔 멀쩡해요? 어디 다친 곳은 없고요?"

백운설의 조급해 보이는 모습에 남궁진우가 웃음을 보였다.

"그렇게 걱정하는 걸 보면 생각보다 친한가 보군."

"소꿉친구예요. 그보다 걔 어디 있어요? 대협은 아세요? 기아 어디 있는지?"

남궁진우가 고개를 저었다.

"그건 나도 모르네. 잠깐 본 것뿐이라서."

"아……."

남궁진우의 대답에 한껏 달아올랐던 백운설이 한순간 시무룩한 얼굴을 했다.

그 때 여태껏 끼어들 순간만 노리고 있던 제갈연이 조심스럽게 입을 뗐다.

"그, 그럼 갑자기 모용 공자 얘기는 왜……."

"아, 그 녀석이 내게 부탁한 것이 있어서 그랬네. 혹시라도 자네들을 보게 되면 말을 전해 달라고 하더군."

"전해 달라는 말이요? 그게 뭔데요?"

"그 친구가 하는 말이, 자네들이 석가장을 도와주라고 하더군."

"석가장이요?"

제갈연이 생소한 말에 고개를 갸웃거리며 소무결을 돌아봤다.

그러나 소무결 역시 의문이 가득한 얼굴이었다.

그 때 볼일을 다 본 남궁진우가 자리에서 벌떡 일어섰다.

"난 이만 가 봐야겠군."

당소문이 남궁진우를 따라 일어서며 말했다.

"그러시지 마시고 식사라도……."

그러나 남궁진우는 고개를 저었다.

"요즘 분탕질 치는 것들이 많아서…… 안 그래도 한번쯤 정리해 두려고 벼르고 있던 참인데 오늘 다 처리해야겠네."

그리고는 휘적휘적 걸음을 옮겨 객잔을 나섰다.

만궁진우의 뒷모습을 물끄러미 쳐다보던 소무결이 쩝 하고 입맛을 다셨다.

"쫓겨났다더니 아직 미련이 남았나 보네."

"미련이 아니라……."

소무결이 고개를 젓는 당소문을 돌아봤다.

"미련이 아니야? 그럼 뭔데?"

그러나 당소문은 여전히 고개를 저을 뿐이었다.

"됐다. 설명해 줘도 넌 이해 못 할 테니까. 그보다 석가장은 또 뭐지?"

당소문의 말에 백운설이 손뼉을 짝 하고 쳤다.

"아 맞다, 석가장! 누구 석가장 아는 사람?"

누군가를 콕 짚은 질문은 아니었지만 모두의 시선이 소무결에게 모아졌다.

소무결이 미간을 좁혔다.

"왜 날……?"

"그럼 너 말고 누구겠어? 네가 제일 잘 알 것 같으니까 쳐다보는 거지."

제갈연의 대꾸에 소무결이 끙 하고 앓는 소리를 냈다.

그리고는 한참이나 무언가를 생각하는 듯하다가 조금씩 목소리를 내기 시작했다.

"석가장이면…… 아무래도 산동 쪽의 석가장을 말하는 것 같긴 한데."

"산동?"

백운설의 확인하는 듯한 물음에 소무결이 고개를 끄덕였다.

"그래. 강호에서 석가장이라고 하면 다 거기를 먼저 생각할걸?"

백운설이 눈을 깜박였다.

"거기 유명해? 난 들어 본 적 없는데?"

백운설이 제갈연과 당소문을 돌아봤다.

그러나 그들도 모른다는 눈치였다.

"얘네들도 모른다는데?"

"그거야 뭐 예전에 쫄딱 망한 곳이니까."

"망해? 왜?"

"팽가에 밀렸어."

소무결의 말에 제갈연이 그제야 떠올랐다는 듯이 짝 하고 손뼉을 쳤다.

"아, 거기? 이제 기억났다. 원래 하북에 있다가 팽가에 밀려서 산동으로 옮긴 가문. 내 말 맞지?"

"맞아. 근데 그게 중요한 게 아니고……."

소무결이 미간을 좁혔다.

백운설이 고개를 갸웃거리며 질문했다.

"왜? 무슨 문제 있어?"

"문제가 아니고…… 조금 이상하지 않아?"

"이상해? 뭐가?"

"그렇잖아. 쫄딱 망한 가문. 다른 이들이 거들떠보지도 않는데 도와주라는 거. 이상하지 않아?"

백운설은 여전히 이해가 가지 않는다는 얼굴이었다. 당소문 역시 마찬가지였다.

그러나 용케 소무결의 말을 알아들은 제갈연이 고개를 끄덕였다.

165

"그러네. 벌써 삼십 년이나 지났는데 지금까지 원한 같은 게 남았을 리도 없고, 그렇다고 돈을 주라는 것도 아닐 테고."

제갈연이 부연하자 그제야 무엇이 문제인지 명확하게 보이기 시작한 백운설이었다.

"그, 그러네. 도와주고 말고 할 것도 없는데, 걔는 대체 무슨 생각이지?"

그러나 넷이 머리를 모아 봐도 이렇다 할 것이 떠오르지 않았다.

한참이나 끙끙거리던 소무결이 제갈연을 쳐다봤다.

"네 생각은 어때? 어떻게 하는 게 좋을 것 같아?"

그러나 이번에도 제갈연이 먼저 대답하기 전에 입을 여는 백운설이었다.

"당연히 가 봐야지. 기아가 생각 없이 한 말은 아닐 테니까. 혹시 알아? 거기서 걔 만날 수 있을지? 그게 아니라도 흔적은 잡을 수 있지 않을까?"

"흐음……."

백운설의 말에 가만히 턱을 쓰다듬던 소무결이 다시 제갈연을 쳐다봤다.

소무결의 시선을 받은 제갈연이 고개를 끄덕였다.

"나도 운설이 말이 맞다고 봐. 대책도 없이 무작정 돌아다니는 것보다는 나을 테니까."

당소문 역시 선선히 동의하는 모양새였다.

결국 마음을 굳힌 소무결이 고개를 끄덕이려는 찰나 한 줄기 세찬 바람이 쉭 하고 몰아쳤다.

"어떤 새끼가……."

소무결이 미간을 찌푸리며 자리에서 일어서려는 순간.

선명한 손자국으로 뺨을 빨갛게 물들인 운현이 불쑥 튀어나오더니 고래고래 소리를 질렀다.

"이 새끼들 어디 있어! 금표문인지 똥고양인지 당장 나오라고!"

"이들인가?"

왕식의 습관처럼 간드러지는 듯한 목소리에도 천호는 얼굴에서 긴장감을 지우지 못했다.

천호만이 아니다.

아수라장에서 간신히 살아남은 다른 네 명의 얼굴도 마찬가지로 긴장이 가득했다.

사방에서 따갑게 쏟아지는 살기.

마치 예리한 칼날이 목 밑을 겨누고 있는 것처럼 서늘한 기분에 긴장을 늦출 수가 없었던 탓이다.

그러나 왕식은 오히려 그런 그들이 마음에 든다는 얼굴

이었다.

"제법 잘 단련되었군."

왕식의 말에 예의 그 흑의인이 고개를 끄덕였다.

"제법 기본은 갖춘 것 같습니다."

"그래? 자네가 그렇게 말할 정도면 믿어도 되겠지. 그럼 거처를 마련해 주도록 하게."

왕식의 말에 그들을 이끌고 왔던 또 다른 내관이 공손하게 고개를 숙였다.

"그러겠습니다. 다들 저를 따라오도록 하세요."

제법 기대를 품은 것이 허탈하리만치 짧은 대면이었다. 그러나 누구도 목소리를 내지 못하고 내관의 뒤를 따라 왕식의 집무실을 나서는 모습이었다.

개중에 한둘은 오히려 안도의 한숨마저 내쉬는 기색이었다.

숨소리조차 내지 않으려 조심스러운 몸가짐으로 왕식의 집무실을 빠져나가는 다섯 개의 인영.

그중에서도 유독 천호의 뒷모습을 주시하고 있던 왕식은 그들이 모두 자취를 감추자 흑의인을 다시 쳐다봤다.

"이거 의외로군. 제법 신경을 써 주라고는 했지만 아직까지도 저 녀석이 살아 있을 줄은 몰랐는데……."

흑의인도 왕식의 말에 동의한다는 듯이 고개를 끄덕였다.

"그렇습니다. 아무래도 한계가 있다 생각했는데 결국 이 자리까지 기어왔습니다. 저도 꽤나 놀랐습니다."

"그러게나 말일세. 그럼 이제 어떻게 했으면 좋겠나?"

"제 의견을 물으시는 겁니까?"

"그럼 누구에게 물을까? 궁에서 그쪽 방면으로는 자네가 제일 잘 알지 않나?"

왕식의 말에 흑의인의 시커먼 복면 위로 드러난 두 눈에서 언뜻 난감함이 비춰졌다.

틀린 말이기 때문이다.

그러나 흑의인은 얼른 그 기색을 지워 내고 왕식의 말에 대꾸했다.

"당분간은 강호를 경험하게 하는 것이 좋을 것 같습니다."

"강호를? 왜?"

"강호에는 가지각색의 인물들이 많으니까요. 다양한 경험을 해야 저들이 더 커질 것입니다."

"경험이라…… 녹류산에서의 그것으론 부족했나?"

"그렇습니다. 아무리 강호의 무공이라 해도 저들은 군에서의 생활이 몸에 배었으니까요. 강호에서의 싸움과 군에서의 싸움은 결이 다릅니다. 적응할 시간이 필요합니다."

"흐음……."

왕식이 수염이 나지 않은 턱을 가만히 쓰다듬었다.

그리고는 오래지 않아 다시 흑의인을 쳐다봤다.

"진이는 어쩌고 있지?"

"제독의 명대로 도지감의 일에 충실하며 자중하고 있습니다."

"그 정도면 벌은 충분히 받았겠군."

왕식의 말에 흑의인이 조심스럽게 질문했다.

"도련님을…… 다시 부르실 생각이십니까?"

"언제까지 저대로 내버려 둘 수는 없으니까. 2년이나 지났으니 강호도 잠잠해졌겠고……."

잠깐 말끝을 흐리던 왕식이 이내 눈빛을 빛내며 특유의 간드러진 목소리를 냈다.

"진아를 불러오도록 해라. 일을 다시 시작해야겠구나."

왕진이 집무실로 들어서자 시녀가 화들짝 놀랐다.

"어마!"

흐트러진 옷매무새와 후끈한 열기.

단번에 상황을 알아챈 왕진이 눈썹을 꿈틀거렸다.

"이년이!"

짝!

"악!"

시녀가 새된 비명을 지르더니 쿠당탕 하며 바닥을 굴렀다.

그럼에도 여전히 분이 풀리지 않았는지 왕진은 주위를 두리번거리더니 촛대를 집어 들었다.

"어? 어?"

시녀의 얼굴이 공포로 물들어 가는 순간, 손환이 왕진의 어깨를 턱하니 짚었다.

"그만두지. 사고 쳐서 좋을 것 없잖아."

"지금 그걸 말이라고! 누가 내 방에서 이딴 짓 하래? 진짜 죽고 싶어?"

노려보는 눈매가 제법 매서웠다.

그러나 손환은 가볍게 고개를 젓는 것으로 왕진의 눈길을 피하며 여전히 바닥에 널브러져 있는 시녀를 향해 손짓했다.

"그만 나가 봐."

"누구 마음대로!"

왕진이 얼굴을 와락 구겼다.

그러나 손환은 왕진에게 시선을 주지 않은 채, 다시 한 번 시녀에게 손짓했다.

"그만 나가 보라니까."

눈치만 보고 있던 시녀가 후다닥 집무실을 나섰다.

시녀가 모습을 감추자 여전히 분이 풀리지 않은 왕진이 씩씩거리며 손환을 노려봤다.

"너 내가 우습게 보여? 내가 분명히……."

"아아, 됐고."

가볍게 고개를 젓는 것으로 왕진의 말을 끊은 손환이 왕진의 손을 낚아챘다.

그리고는 언뜻 보기에도 푹신푹신해 보이는 의자에 자리를 잡더니 제 무릎 위에 왕진을 앉혔다.

자신의 허리를 감싸는 손환의 손길에 왕진이 얼굴을 찌푸렸다.

"또, 또 이렇게 넘어가려고 하지."

"그럼 어떻게 해? 이게 본능인데."

"꼭 그래야 해? 나랑도 이것저것 많이……."

손환이 고개를 저어 왕진의 말을 끊었다.

"그거랑 이거는 다르지. 그보다 무슨 일이야? 무슨 일로 또 이렇게 골이 났어?"

손환이 말을 돌리자 왕진이 못마땅하다는 얼굴을 했다. 그러나 부드럽게 등을 쓰다듬으며 달래는 손길에 이번에도 져 줄 수밖에 없는 왕진이었다.

왕진이 한숨을 푹 내쉬며 목소리를 냈다.

"그 영감이……."

"누구? 제독님?"

"제독님은 무슨. 어쨌든 그 영감이 또 일을 맡겨서……."

"일? 무슨 일인데? 어지간한 건 다 알아서 하지 않나?"

"어지간한 게 아니니까 그렇지. 강호 일이야."

"강호?"

손환의 얼굴이 살짝 일그러졌다.

그러나 왕진이 눈치 채기 전에 얼른 얼굴을 고친 그는 전과 같은 얼굴로 고개를 갸웃거렸다.

"그럼 잘된 일 아니야? 너 그때 일 겪고 나서 이 갈았잖아. 다 죽여 버리겠다고. 그새 마음이 바뀐 거야?"

"아니, 그건 아니고……."

"그럼 왜 그러는데?"

"일하려면 사람이 필요한데 손발 다 잘라 놓고 하라니까 그러는 거지. 당장 쓸 만한 사람이 없잖아. 2년 전에 영감이 다 쳐내 가지고."

2년 전 화과산에서의 실패로 제법 많은 대가를 치른 왕진이었다.

가지고 있던 권한이 대폭 축소되어서 함부로 사람을 끌어올 수도 없었고, 원래부터 부리던 사람들도 많이 잘려 나간 탓에 운신의 폭이 좁아진 것이다.

그 같은 사정을 잘 알고 있던 손환이 조금은 의문이 깃든 얼굴로 질문했다.

"설마 제독님이 사람을 붙여 주시지 않은 것은 아니겠지? 너 혼자 처리하라고……."

"당연히 아니지. 그건 나보고 죽으라는 건데, 아직 그 정도는 아니야."

"그럼?"

"말했잖아. 쓸 만한 놈들이 없다고. 다섯 놈인가 붙여 준다고 하던데, 알아보니까 어디 산에서 내려온 신출내기더라고. 걔네 데리고 뭘 해? 담재선은 아니더라도 음양이로나 월향 정도는 붙여 줘야 뭘 해도 할 거 아니야? 대체 그 애송이들 데리고 나보고 뭘 하라는 건지……."

입술을 삐죽거리는 왕진의 불만이 이해가 갔다.

그러나 왕식이 왕진을 찾은 것은 아직은 그에게 기대를 가지고 있다는 의미라는 것도 잘 안다.

손환이 다시 질문했다.

"그래서? 이번엔 무슨 일을 맡긴 건데? 담재선이나 음양이로 정도가 아니면 감당할 수 없는 일이야?"

"아니, 그 정도는 아니고. 산동의 석가장이랬나? 거기 지워 버리라던데, 그렇게 큰일은 아니야."

"그럼 문제될 건 없는 것 아닌가? 그냥 가서 지워 버리면……."

"실수가 있으면 안 되니까 그러지. 그 영감 성격에, 이제 많아야 두 번이야. 제대로 못하면 아무리 나라도 버리고도 남을 영감이니까. 그래서 조심스러운 거지."

왕진의 말에 손환이 선선히 고개를 끄덕였다.

"그렇긴 하지. 그럼 이제 어떻게 할 거야? 떠오르는 것 있어?"

"안 그래도 그것 때문에······."

잠깐 말끝을 흐리던 왕진이 주위를 휘휘 둘러보더니 손환에게 찰싹 달라붙으며 목소리를 낮췄다.

"조고 요즘 뭐 해?"

손환이 원하던 질문이다.

그러나 손환은 억지로 얼굴을 굳히며 모른 척 고개를 갸웃거렸다.

"조고? 조 공공?"

"그래. 조고 요즘 뭐 해? 아직도 똥통 비우고 다녀?"

"글쎄. 나도 한동안 본 적이 없어서. 왜? 내가 알아봐?"

"어. 좀 알아봐 줘. 지금은 고양이 손이라도 빌려야 할 상황인데 딱히 떠오르는 이가 없어서······."

"그러지. 내가 찾아보고 조만간 알려 줄게."

억지로 내리누른다고는 하지만 심장이 부풀어 오르는 것까지는 어쩔 수 없었다.

제법 긴 시간 동안 납작 엎드려서 바닥을 박박 기어 다닌 것에 대한 보상이 제법 흡족했던 것이다.

그러나 그것도 잠시.

자신의 가슴을 더듬거리는 손길에 뜨거워지려던 심장이 한순간 싸늘하게 식어 내리는 느낌이었다.

손환이 제 품 안의 왕진을 내려다봤다.

"아직 날이 밝은데······."

"뭐 어때? 아까 고 계집년이랑은 잘도 해 놓고선."

왕진이 입술을 삐죽거리며 눈을 흘겼다.

손환이 딱딱하게 굳으려는 얼굴을 억지로 펴며 양팔로
왕진을 감쌌다.

'씨발······.'

참룡
회귀록

斬龍回歸錄

61 章.

　이전에 봤던 남궁세가와는 비교도 되지 않을 정도로 규모가 작은 장원.

　세월의 흐름이 여기저기 새겨진 장원은 어딘지 모르게 허름하게 보이는 모습이었다.

　나무로 만들어진 대문 여기저기에 금이 가 있는 모습을 요리조리 훑어보던 운현이 소무결을 돌아봤다.

　"여기야?"

　"맞아."

　"진짜 여기 맞아? 네가 잘못 안 것 아니야?"

　"뭔 소리야? 현판을 봐. 석가장 맞잖아. 석! 가! 장! 대문짝하게 써져 있구만."

운현의 시선이 소무결의 손가락을 따라갔다. 소무결의 말대로 이제는 빛이 바래긴 했지만 석가장이라는 이름 세 글자가 또렷하게 적혀진 현판이 그의 눈길에 쏙 들어왔다.

그러나 운현은 여전히 떨떠름한 얼굴을 했다.

"그렇긴 한데, 기척이 너무 없잖아. 아무리 봐도 사람이 없는 것 같은데?"

운현의 말에 소무결도 동의한다는 듯이 고개를 끄덕이더니 눈매를 좁혔다.

"그러게. 그 점이 좀 이상하긴 하네. 대낮이라 한둘 정도는 돌아다닐 법도 한데, 기척이 없어도 너무 없어."

"그렇지? 아무리 봐도 폐가 같지?"

"여기저기 부서진 곳을 그대로 방치하는 걸 보면 사람의 손길이 없어 보이긴 한데……."

그 때 제갈연이 끼어들며 고개를 저었다.

"아니야. 사람 사는 곳 맞아."

운현이 제갈연을 쳐다봤다.

"어떻게 그렇게 확신하는데? 내가 보기에는……."

"건물만 보지 말고 바닥을 봐. 문이 열리면서 쓸려 나간 흔적이 남았잖아. 잘 보면 발자국도 흐릿하게 보이고. 사람이 사는 곳 맞아."

제갈연의 말에 운현이 눈을 동그랗게 뜨더니 바닥을 유심히 살폈다.

그리고는 얼마 지나지 않아 고개를 끄덕였다.

"그러네. 사람의 흔적이 있네. 그것도 제법 또렷한 게 얼마 지나지 않은 것 같은데?"

다시금 호기심을 되살리며 석가장을 두리번거리는 운현이었다.

그런 그를 쳐다보던 소무결이 이내 제갈연에게로 관심을 돌렸다.

"그런데 넌 어떻게 알았어?"

"어? 뭐가?"

"여기 사람의 흔적이 있다는 것 말이야. 그건 나도 못 알아본 건데."

제갈연보다 경험이 많은 소무결이다.

그런 자신이 놓친 것을 정확하게 짚어 낸 제갈연이 신기했던 것이다.

그러나 제갈연은 별것 아니라는 얼굴로 헤실거리며 대꾸했다.

"아, 그거? 예전에 모용 공자가 말해 줬어."

"모용 공자? 기아?"

"그래, 맞아."

"그 자식은 대체 어떻게 생겨 먹은 놈이야? 좀 알아보니까 집 안에서만 뒹굴던 놈인데, 이런 것까지 다 알아보고. 아무튼 희한한 놈이라니까?"

소무결의 말에 제갈연이 얼른 고개를 저었다.

"아니, 꼭 이걸 말한 건 아니고 다른 걸 말해 줬는데 응용하다 보니까……."

"됐어. 뭘 그렇게 감싸고돌아? 그놈 이상한 건 다 아는 사실인데. 그보다……."

말끝을 흐리며 잠깐 고민하던 소무결이 친구들을 돌아봤다.

"어쩔래? 잠깐 들어가 볼까?"

당소문이 얼굴을 찌푸렸다.

"사람이 없는 곳도 아니고, 엄연히 살고 있는 곳인데 그건 좀……."

그러나 백운설은 당소문과 생각이 달랐다.

"뭐 어때? 지금은 사람도 없어 보이는데. 우리가 뭐 훔치겠다는 것도 아니고 잠깐 돌아보자는 것뿐이잖아."

운현도 백운설과 생각이 같았다.

"나도 동감. 잠깐 둘러보는 건데 뭘. 금방 들어갔다가 나오면 아무도 모를걸?"

이번엔 천영영이 고개를 저었다.

"그러지 말고 기다리는 게 어때? 사람이 사는 곳이면 어차피 곧 돌아올 거 아냐? 차라리 기다렸다가 허락받고 둘러보는 게 좋을 것 같은데……."

의견이 갈렸다.

이제 남은 이는 제갈연뿐이다.

모두의 시선이 자신을 향하자 잠깐 고민을 하는 것 같던 제갈연이 이내 어색하게 웃으며 말했다.

"잠깐 둘러보는 것도 나쁘지 않을 것 같아. 흔적만 남기지 않으면 괜찮지 않을까?"

제갈연의 말에 천영영과 당소문을 제외한 모두가 반색을 했다.

특히 성격이 급한 운현이 유독 환한 얼굴을 했다.

"역시 그렇지? 어차피 들킬 염려도 없고."

그리고는 단번에 몸을 날려 담을 넘으려 하는 순간.

소무결이 운현의 팔을 낚아채며 그의 움직임을 방해했다.

운현이 얼굴을 찌푸리며 소무결을 돌아봤다.

"왜? 말 꺼낸 건 너……."

"아니. 그게 아니고."

"그게 아니면 뭐? 어라?"

소무결보다 한 박자 늦게 낯선 기척을 느낀 운현이 움찔 몸을 떨었다.

그리고는 소무결의 시선을 따라 눈길을 옮기는데, 오래지 않아 제법 탄탄해 보이는 체구의 사내가 나무 지게를 등에 이고 모습을 드러냈다.

"……누구?"

석가장의 대문 앞을 차지하고 있는 낯선 얼굴들에 고개를 갸웃거리는 사내.

한데 한순간 그가 눈을 동그랗게 떴다.

"어라? 넌……."

그와 동시에 제갈연의 두 눈 역시 화등잔만 하게 커졌다.

"어? 막 씨 아저씨!"

나무 지게를 등에 지고 나타낸 사내는 봉마곡으로 들어가며 헤어졌던 막수광이었다.

제갈연이 반색을 하며 막수광에게 다가섰다.

"아저씨! 여기 어쩐 일이세요? 아니, 그동안 잘 지내셨어요?"

헤실거리는 제갈연의 얼굴에서 반가움이 물씬 풍겨져 나왔다.

막수광이 저도 모르게 입꼬리를 올리며 말했다.

"그래. 나는 잘 지냈다. 너도 좋아 보이는구나. 이제 몸은 다 나은 것이냐?"

"그럼요. 예전에 다 나았죠. 예전보다 더 건강해졌어요."

"그거 다행이구나. 안 그래도 그렇게 헤어져서 마음이 쓰였는데, 좋아졌다니 다행이구나."

그때 소무결 등이 고개를 갸웃거리며 제갈연에게 다가왔다.

"뭐야? 아는 사람이야?"

소무결의 질문에 제갈연이 고개를 끄덕였다.

"어. 이 아저씨야. 왜 있잖아. 예전에 패천성으로 갈 때 도와줬다고 했던 아저씨."

제갈연의 말에 운현이 딱 하고 손가락을 튕겼다.

"아, 그 기아 놈이 못살게 굴었다는 그 아저씨? 그 아저씨 맞…… 아야!"

운현이 옆구리를 쓰다듬으며 억울하다는 얼굴로 천영영을 쳐다봤다.

"왜?"

"넌 초면에 말을 해도 꼭!"

운현에게 눈을 흘긴 천영영이 제갈연을 쳐다봤다.

"소개 안 해 줘?"

천영영의 말에 제갈연이 손뼉을 짝 하고 쳤다.

"아, 맞다! 아저씨, 여긴 제 친구들……."

그러나 제갈연은 말을 계속 잇지 못했다.

어느새 가까이서 들려온 앳된 목소리.

"사부님! 이분들은 누구예요?"

앳된 목소리만큼이나 젖살이 빠지지 않아 동글동글한 앳된 얼굴이 막수광과 제갈연 사이를 불쑥 파고들었다.

그러나 그 앳된 얼굴은 막수광의 대답이 들려오기도 전에 두 눈을 동그랗게 떴다.

그리고는 한순간에 백운설에게 접근하더니 헤실거리며

말했다.

"누나, 이름이 뭐예요? 전 석대림이라고 하는데……."

말꼬리를 길게 늘이며 몸을 배배 꼬는 석대림을 보며 백운설이 눈만 깜빡거리며 황당하다는 얼굴을 했다.

모닥불에 비춰진 철무한의 얼굴에는 여전히 믿을 수 없다는 감정이 가득했다.

얼떨떨한 얼굴로 연신 고개를 갸웃거리던 철무한이 이번에도 같은 질문을 했다.

"그러니까…… 이십 년이란 세월을 뛰어넘었다고?"

"그렇다니까."

"뭐 꿈 같은 걸 꾼 건 아니고?"

"아니라고 자식아. 대체 몇 번을 말해? 그만큼 말했으면 이제 좀 믿어라. 응?"

거듭된 설명에 모용기가 지쳤다는 듯한 얼굴로 한숨을 푹 내쉬었다. 그러나 철무한은 여전히 고개를 저을 뿐이었다.

"어느 정도 현실성 있는 말이라야 믿는 척이라도 하지. 너 같으면 이걸 믿을 수 있겠어? 시간을 거스른다는 게 말이나 되냐고? 대체 왜? 아니, 대체 무슨 수로?"

"그걸 내가 어떻게 알아? 무슨 조짐 같은 게 있었던 것도 아니고, 눈 떠 보니까 이십 년 전이던데."

"그러니까 그게 말이 되냐고? 그리고 그때 나도, 명진 이 자식도 같이 죽었다면서? 그런데 우린 멀쩡한데 왜 너만 그 러는 거냐고?"

철무한은 의문이 많았다. 그러나 하나같이 설명해 줄 수 없는 것들이었다.

한숨을 푹 내쉬던 모용기가 명진을 쳐다봤다.

"너도 내 말이 믿기지 않아?"

명진이 미간을 좁혔다.

말만 없었다 뿐, 그 역시 철무한과 같은 심정이었던 것이 다.

모용기가 답답하다는 얼굴을 했다.

"믿으라고, 쫌! 너희들도 잘 생각해 봐. 내 나이에 이런 무공 실력이 말이나 된다고 생각해? 내가 너희들처럼 거대 문파 소속의 촉망받는 후기지수도 아니고, 다 쓰러져 가는 집안에서 막 자랐는데 그게 가능하다고 생각하냐고? 뭔가 좀 이상하지 않아? 아니, 아니. 이상한 정도가 아니라 뭐가 잘못돼도 한참은 잘못된 거라고."

철무한 역시 명진과 비슷하게 미간을 좁혔다. 그러나 모 용기의 말들은 여전히 받아들이기 쉽지 않았다. 잠깐 머리 를 굴리던 철무한은 스스로가 납득할 수 있는 이유를 찾아 냈다.

"혹시 무슨 기연 같은 거라도……."

"그러니까 그런 것 없다고! 대체 몇 번을 말해? 기연이라고 해 봐야 팽가 할매가 준 백 년 하수오 세 뿌리가 고작이라고!"

모용기가 저도 모르게 버럭 소리를 질렀다.

철무한이 얼굴을 찡그렸다.

"이 자식이 왜 소리를 질러? 말도 안 되는 것들을 쏟아 내는데, 네가 우리 입장이라면 믿을 수 있겠어? 미친놈 보듯 쳐다보지나 않으면 다행이지."

철무한의 말에 모용기가 끙 하고 앓는 소리를 냈다.

닥친 상황이라 어떻게든 순응하고 있지만, 자신에게 벌어진 일이 여전히 납득되지 않는 것은 모용기 역시 마찬가지였기 때문이다.

모용기가 한숨을 푹 내쉬며 난감한 얼굴을 하고 있던 그때, 명진이 모용기와 시선을 맞추며 목소리를 냈다.

"내가 몇 가지 물어보고 싶은 게 있는데."

"말해. 뭔데?"

"다른 게 아니라…… 나와 무한이를 챙긴 것이 그 이유 때문……."

모용기가 명진의 말이 끝나기도 전에 고개를 끄덕였다.

"당연하지. 그게 아니면 왜 내 것을 너희들한테 나눠 주겠어? 나 혼자 독차지하지. 당장 봉마곡만 해도 그래. 꽁꽁 숨겨 두고 아무도 알아보지 못하게 하는 게 정상이지, 너희들까지 데리고 들어갈 이유는 없잖아?"

"그럼 다른 녀석들⋯⋯."

모용기가 이번에는 고개를 저었다.

"거긴 반반이고. 몇몇 녀석은 우리와 함께하긴 했는데, 다 그랬던 건 아니야."

이번에는 철무한이 질문했다.

"왜? 네 말대로라면 함께한 녀석들만 챙기는 것 같은데⋯⋯."

"아니거든. 상대는 진짜 용이라고. 용을 상대하는 데 이것저것 잴 여유가 어디 있어? 고양이 손이라도 빌려야지."

모용기의 이전의 설명이 진실이라는 전제하에 이해가 가는 말이었다. 그러나 여전히 한 가닥의 의심을 떨쳐 내지 못한 철무한이었다.

"그러다 배신이라도 하면? 원래 사람 속이라는 게⋯⋯."

"됐어, 됐어. 다 믿을 만한 녀석들이니까. 내가 이십 년간 본 게 있는데 그거 하나 구분 못 하겠어? 다 괜찮으니까⋯⋯ 어?"

모용기가 문득 말끝을 흐리며 미간을 좁혔다. 백운설이 떠오른 탓이다.

철무한이 고개를 갸웃거렸다.

"갑자기 왜 그래? 말하다 말고⋯⋯."

그러나 모용기는 냉큼 고개를 저었다.

"아니야, 아무것도…… 그보다 너희들은 그 부분을 걱정할 건 없어. 내가 다 생각해서 뽑은 녀석들이니까."

확신이 가득한 모용기의 얼굴에 철무한이 쩝 하고 입맛을 다셨다.

그러나 여전히 의문이 남았던 명진이 다시 입을 열었다.

"그럼 철장방의 이 방주님도?"

"당연하지. 내가 그 아저씨랑 인연이 없었으면 미쳤다고 거기서 그 난리를 칠까? 그냥 모른 척하고 말지."

"막 씨 아저씨랑 장 씨 아저씨도?"

"막 씨 아저씨는 맞는데 장 씨 아저씨는 좀 애매해. 그렇다고 착각은 하지 말고. 내가 장 씨 아저씨 죽으라고 일부러 내버려 둔 건 아니니까."

명진의 물음에 답해 준 모용기가 멀뚱멀뚱 자신들을 쳐다보고 있는 철무한에게 시선을 돌렸다.

"넌 막 씨 아저씨 만나면 진짜 조심하는 게 좋을 거야. 그 아저씨가 장 씨 아저씨 엄청 챙겼거든. 우리를 배신할 정도로."

모용기의 말에 철무한이 끙 하고 앓는 소리를 냈다.

사실 굳이 모용기의 설명도 필요하지 않은 일이었다.

장혁진이 명을 달리한 후 자신만 보면 이를 가는 막수광이었기 때문이다.

철무한이 막수광을 떠올리며 심각한 얼굴을 했다.

그 모습을 잠시 쳐다보던 명진은 이내 철무한에게서 관심을 끊어 내며 모용기에게로 시선을 돌렸다.

그리고 마지막으로 남은 의문을 꺼내 들었다.

"그런데 그 석대림이란 녀석은 누구지? 석가장은 들어 본 적이 없는데. 그 석대림이란 녀석과는 어떻게 된 인연이냐?"

명진의 질문에 잠시 말을 끊고 무언가를 떠올리던 모용기가 한순간 와락 얼굴을 구겼다.

철무한이 고개를 갸웃거렸다.

"왜 그래? 네 말대로라면 우리와 함께한 녀석인데, 그런 것치고는 표정이 영 아닌데? 무슨 일이라도 있었어?"

"아니, 그게 아니고……."

"그게 아니면 뭐? 표정이 왜 그 모양이야?"

"다른 게 아니고, 그 자식 처음 만났을 때가 떠올라서……."

"처음 만났을 때? 왜? 싸우기라도 했어?"

"그건 아니고…… 그때가 내가 봉마곡에서 노친네들한테 시달리다가 강호에 나왔을 때인데…… 아니지, 그건 말이 안 되지. 패면 팼지 싸움은 무슨."

고개를 절레절레 젓는 모용기를 보며 철무한의 의문이 깊어졌다.

"그럼 왜 그래? 네 말만 들어 보면 엄청 친했을 것 같은데."

"그게……."

잠깐 고민을 하던 모용기가 고개를 절레절레 저었다.

"아냐, 아무것도. 신경 쓸 필요 없어."

그리고는 멀리 산동 방향으로 시선을 돌렸다.

'이 자식 이거, 이번에도 운설이 보면 환장하고 덤벼들려나?'

"석동이다. 내 집이다 생각하고 편히 쉬거라."

막 밭을 돌보고 돌아온 터라 초라한 몰골이었지만 어딘가 모르게 품격이 느껴지는 사내.

석가장의 장주 석동이었다.

그다지 말이 많지 않은 인물이었던 듯, 그는 말을 마치기 무섭게 신형을 돌려 발걸음을 옮겼다.

석동이 제법 멀어지자 운현이 소무결을 툭툭 쳤다.

"왜?"

"왜긴 왜야? 아무래도 좀 이상하지 않아? 기아 놈이 왜 이런 곳을 도와주라 했는지."

운현의 질문에 소무결이 미간을 좁혔다.

아무리 생각해도 자신 역시 이해가 가지 않는 것은 마찬가지였기 때문이다.

"그러게. 이 집구석에서 뭐 나올 만한 것도 없어 보이는데…… 그렇다고 강호 활동을 왕성히 해서 건드리면 명성을 쌓을 수 있는 것도 아니고."

"내 말이. 연아 말대로 지금까지 원한 같은 게 남아 있을 리도 없고. 그리고 좀 궁하기는 해도 배를 곯는 것 같지도 않고. 사람도 열 명이나 있어."

해가 지며 일을 하러 나갔던 석가장의 식솔들이 하나둘씩 모여들기 시작하자 그 수가 열이나 됐다. 그 정도 숫자를 유지한다는 것은 적어도 굶어 죽을 일은 없다는 뜻이었다.

미간을 좁히며 고민하던 소무결이 제 머리로는 의문이 풀리지 않자 결국 제갈연을 찾았다.

"연아, 넌 어떻게…… 응?"

제갈연을 돌아보던 소무결이 고개를 갸웃거렸다.

그리고는 어딘가를 물끄러미 쳐다보고 있는 제갈연의 옆으로 다가가서 어깨를 툭 쳤다.

"어? 왜?"

제갈연이 움찔 몸을 떨며 소무결을 돌아봤다.

"뭐 해? 뭔데 그렇게 넋을 놓고 봐?"

"어? 그게……."

제갈연의 시선이 머문 곳.

그곳에는 대놓고 싫은 얼굴을 하는 백운설과, 그럼에도 여전히 헤실거리는 얼굴로 끈덕지게 달라붙는 석동이 있었다.

소무결이 얼굴을 찌푸렸다.

"석대림이라고 했었지? 저 자식 저거 진짜 끈질기네. 운설이가 싫다고 오만상을 쓰고 있는데."

같은 것을 본 운현이 고개를 끄덕였다.

"그러게. 어떻게 생겨 먹은 자식이길래 저렇게 뻔뻔해? 석 장주님 보니까 그렇지도 않은 것 같던데."

그 때 운현의 옆에 서 있던 천영영이 앞으로 나서려 했다.

운현이 천영영을 돌아봤다.

"왜? 가 보게?"

"응. 아무래도 떼어 놔야 할 것 같아. 운설이가 너무 곤란해해서."

그리고는 걸음을 옮겨 백운설에게 다가갔다.

석대림에게 시달리던 백운설이 반색을 했다.

"영영아!"

그리고는 석대림을 피해 천영영의 뒤로 쏙 숨어들었다.

석대림이 얼른 백운설의 뒤를 따르려 했다.

"누나, 그러지 말고 나랑 얘기 좀……."

그러나 석대림의 앞을 불쑥 가로막는 손.

가녀린 천영영의 손에 길이 막힌 석대림이 얼굴을 찌푸리며 천영영을 쳐다봤다.

"나 운설이 누나랑 할 말이 많은데요."

백운설이 짜증이 가득한 목소리로 소리치듯 말했다.

"난 너랑 할 말 없다고!"

"난 할 말 많다니까!"

자신을 사이에 두고 두 사람이 빙글빙글 돌기 시작하자 머리가 지끈거릴 정도였다.

천영영이 다시 손을 뻗어 석대림을 막아섰다.

석대림이 불만스럽다는 듯이 입술을 삐죽거렸다.

"그러니까 난 운설이 누나랑……."

천영영이 고개를 저어 석대림의 말을 끊었다.

그리고는 석대림과 시선을 맞추며 입을 뗐다.

"너 열다섯이랬지? 운설이 얘는 스물하나야. 그거 알아?"

석대림이 냉큼 고개를 끄덕였다.

"아는데요."

"아는데 왜 그래?"

천영영의 질문에 석대림을 몸을 배배 꼬며 말했다.

"나이가 무슨 상관이에요? 서로 좋으면 됐지. 그깟 여섯 살 차이……."

그러나 백운설이 이전처럼 소리치며 말하며 석대림의 말을 끊었다.

"난 너 싫다고! 서로 좋기는 무슨!"

백운설이 제법 독하게 말했다.

그러나 석대림은 크게 신경 쓰지 않는다는 듯이 고개를 끄덕였다.

"음…… 그럴 것 같긴 했는데, 그래도 난 괜찮은……."

"내가 안 괜찮다고! 네 또래 만나라고! 내가 싫다는데 왜 자꾸 그래?"

그러나 석대림은 여전히 포기하지 않은 얼굴이었다.

"그럼 누나, 동생……."

"싫다니까!"

백운설이 뾰족하게 목소리를 높이자 어지간하던 석대림도 그제야 시무룩한 얼굴을 했다.

그 모습에 백운설이 한숨을 푹 내쉬며 마음을 누그러트렸다.

"미안한데 나 진짜 너한테 마음 없어. 그러니까 이제 그만해. 또 그러면 나 진짜 화낼지도 몰라."

석대림의 어깨가 축 처졌다.

"미, 미안……."

"그래, 그래. 대신 어디 가서 또 그러지는 마. 나는 동생 같고 귀여워서 그냥 넘어가지만, 다른 데서 그러다가는 진짜 큰일 날지도 모른다고."

그 순간 축 처져 있던 석대림이 눈을 반짝였다.

"누나, 나 귀여워요?"

백운설이 와락 얼굴을 구겼다.

"이 개자식아!"

　모처럼 만난 조고의 몸에서는 지독한 악취가 풍겨 나왔다.

　하루에도 수십 번씩 똥통에 들락날락한 결과였다.

　절로 얼굴이 찌푸려질 정도로 지독한 악취였지만 초인적인 인내심을 발휘해 아무렇지도 않다는 얼굴은 한 손환이 이내 조고에게로 다가서서 고개를 숙였다.

　"조 공공."

　"어? 자네 왔나? 그런데 이거 어쩌나? 꼴이 이래서 어디 앉으라고 하기도 뭣하고……."

　주위를 휘휘 둘러보며 의자라도 찾는 조고의 모습에 손환이 고개를 저었다.

　"괜찮습니다. 어차피 오래 있을 수가 없어서."

　"그렇긴 하지. 아무래도 나와 함께 있는 것을 보여서 좋을 리가 없으니까."

　"조, 조 공공."

　손환이 당황한 얼굴을 했다. 그러나 조고는 가만히 고개를 저었다.

　"그럴 것 없어. 비꼬는 것이 아니니까. 그저 현실을 짚은 것이지. 그보다, 어쩐 일로 날 찾은 것인가? 안부나 물으려 찾은 것은 아닐 테고…… 왜? 그 꼬맹이에게 또 문제라도 생겼나?"

197

"그, 그렇습니다. 이번에 제독께서 왕진을 다시 찾아 일을 맡기셨는데 일할 사람이 없다고……."

"제독이 다시 찾아? 무슨 일로?"

"이번에도 강호의 일입니다."

"강호의 일?"

조고의 얼굴이 찌푸려졌다. 자신을 이 시궁창으로 몰아넣었던 결정적인 이유가 다시 언급되고 있었기 때문이다.

조고의 심기가 불편한 것을 한눈에 알아본 손환이 조심스러운 얼굴을 하며 눈치를 봤다.

조고가 이내 고개를 저었다.

"그럴 것 없네. 자네 탓이 아니니까. 그보다 사람이 없다고? 제독이 사람을 붙여 주지 않은 건가?"

"그, 그렇습니다. 그저 알아서 하라는 식으로 일거리만 툭 던져 줬다 들었습니다."

"지난번처럼 큰일인가?"

"그건 아니고, 어디 시골의 몰락한 무가 하나를 지워 버리는 일이라 합니다."

"몰락한 무가?"

조고가 잘 이해가 되지 않는다는 듯이 고개를 갸웃거렸다.

"거기 무슨 숨겨진 고수라도 있다던가? 왕진이 감당하기 힘들 정도로?"

"그런 건 아니옵고, 왕진 스스로가 불안해서 자꾸 사람을 찾는 것 같습니다. 아무래도 지난 몇 번의 실패가 승승장구하던 그 녀석의 발목을 단단히 잡았으니까요."

손환의 말을 들은 조고의 입꼬리가 살짝 말려 올라갔다.

"많이 초조해하던가?"

"아무래도 좀……."

"그렇군."

조고가 만족스럽다는 얼굴로 고개를 끄덕였다.

이번에는 손환이 의문을 품었다.

"왜 그런……?"

"아, 아닐세. 그보다 사람이 필요하다고?"

"그렇습니다."

"이번에는 그러지 말라고 하게."

조고의 의외의 말에 손환이 두 눈을 동그랗게 떴다.

"예?"

조고가 픽 웃으며 손환의 의문을 풀어 줬다.

"지난번처럼 이상한 놈이 끼어들면 모를까, 시골의 몰락한 무가라면 그럴 여지도 없어 보이는데 굳이 부산스럽게 소란을 떨 이유가 없지."

"하지만 이번에도 실패하면……."

"그럴 일 없으니 걱정하지 말라고 하게. 제독이 왕진 그놈처럼 세상물정 모르는 사람으로 보이던가? 절대로 그렇지 않네. 왕진 그놈이 딱 감당할 수 있을 정도의 일거리를 준 것이야. 그러니까 마음 편하게 먹고 일하라고 하게."

"하지만 왕진이 불안해해서……."

"그렇다고 제독을 찾아가 징징거릴 수는 없는 일 아닌가? 그게 더 제독의 심기를 건드리는 일이지. 그냥 하라고 하게."

그러나 손환은 여전히 미련이 남은 얼굴이었다.

손환이 조고에게서 시선을 떼지 않은 채 재차 입을 열었다.

"그래도 한둘 정도만이라도 더 충원할 수는 없겠습니까? 아무래도 일을 하려면 확실히 하는 게……."

좀처럼 물러서지 않는 손환의 모습에 조고가 얼굴을 찌푸렸다.

마음에 들지 않는다는 표정으로 손환을 물끄러미 쳐다보던 그였으나 이내 얼굴을 폈다.

'아니지. 왕진 놈을 한 번 더 흔들어 볼까?'

마음을 고쳐먹은 조고가 잠시 고민하는 듯싶더니 조금의 시간이 지난 후에 초조한 얼굴을 하고 있는 손환을 쳐다봤다.

"정 그렇다면…… 음양이로를 만나 보라 하게."

손환이 눈을 동그랗게 떴다.

"음양이로를요?"

"그래. 다른 이들은 몰라도 음양이로는 잘만 구슬린다면 움직이게 하는 것이 충분히 가능할 테니까. 그들 정도면 되지 않겠나?"

그러나 손환은 불안한 얼굴을 했다.

"제독의 허락도 없이 그들을 가져다 써도 되겠습니까?"

"물론 안 되지. 하지만 결과가 좋으면 다 좋은 것이야. 자네나 왕진 그놈도 잘 알지 않는가? 그것이 제독의 방식이라는 것을."

"그, 그렇긴 하지만, 혹시나 결과가 좋지 않으면……."

"그럼 어쩔 수 없는 거고. 왕진 그놈에게 남은 기회 한 번이 날아가는 것이지."

조고의 말에 손환이 얼굴을 찡그렸다.

그리고는 다시금 무언가 말을 꺼내려는 손환이었으나, 제 뜻을 이룰 수 없었다.

조고가 냉정한 얼굴로 손을 내저었던 탓이다.

"그만 가 보게. 나는 이제 일을 하러 가 봐야 해서."

"아, 죄송합니다. 그럼 또……."

조고의 축객령에 손환이 얼른 몸을 일으켰다.

그 때 조고가 마지막으로 손환을 불러 세웠다.

"아, 그리고."

"하실 말씀이 더 남으셨습니까?"

조고가 고개를 끄덕였다.

"내 듣자하니 요즘 하루가 멀다 하고 왕진의 집무실에 들락날락거린다던데."

"아, 그게…… 왕진이 자꾸 찾아서……."

"연분을 쌓는 게 나쁜 일은 아니지만 적당히 하도록 해. 제독의 눈 밖에 나고 싶지 않으면 말이야. 내 말 무슨 뜻인지 알겠나?"

손환이 곤란하다는 얼굴을 했다.

그러나 조고의 말뜻은 충분히 이해할 수 있었기에 결국은 고개를 끄덕일 수밖에 없었다.

"적당히 거절하겠습니다."

"그래. 그럼 그만 가 보게."

"그럼 또……."

조심스러운 걸음걸이로 모습을 감추는 손환.

그 뒷모습을 물끄러미 쳐다보던 조고는 그가 완전히 모습을 감추자 활짝 얼굴을 폈다.

'제법 잘 돌아가는군. 조금만 더 버티면…….'

"장군."

부관의 목소리에 서류를 살피고 있던 곽자철이 고개를 들었다.

"뭔가?"

"다른 게 아니옵고, 한림원에서 또 연락이 와서……."

한림원이란 말에 곽자철이 얼굴을 찡그렸다. 뒷말을 듣지 않아도 내용을 짐작할 수 있었기 때문이다.

곽자철이 못마땅하다는 얼굴을 했다.

"밥버러지들도 아니고, 그깟 내시 하나 처리 못 해서 매달리는 꼴이라니."

"내시도 내시 나름 아니겠습니까? 폐하께서 워낙 총애하시니……."

"그러는 동안 제 놈들은 뭘 하고? 그러라고 사서삼경이니 뭐니 숱하게 읽고 헛바닥을 매끄럽게 다듬는 것 아니더냐? 그런데 궁에서 잡일이나 하던 내시 하나를 감당 못 해? 한심한 종자들 같으니라고."

쯧 하고 혀를 차는 곽자철을 보며 부관이 난감하다는 얼굴을 했다.

그러나 이번에는 결론을 내려야 했다.

자신이 보기에도 왕식의 전횡은 심각했기 때문이다.

자칫 잘못하다가는 자신이 존경하는 곽자철 역시 해를 입을지도 모른다는 생각이 들었기 때문이다.

그래서 재차 입을 열어 곽자철을 설득하려는데, 그 순간 곽자철이 자리에서 벌떡 일어섰다.

"가자."

난데없는 곽자철의 말에 부관이 당황한 얼굴을 했다.

"어, 어딜……?"

"왕식이 분탕질을 친다면서? 해결해야 할 것 아니냐?"

곽자철의 대구에 부관이 얼굴에 화색이 돌았다.

"폐, 폐하를 뵈려 하시는 겁니까?"

그러나 곽자철은 고개를 저었다.

"내가 거길 왜 가? 가 봐야 문전박대밖에 더 당하겠느냐?"

"혹시 동창에⋯⋯?"

"가서 내시 놈이랑 허허거리며 차라도 마시라고? 아서라, 이놈아. 일 없으니까."

"그, 그럼 대체 어디를⋯⋯."

"서문으로 간다."

"서문⋯⋯ 말입니까?"

의외의 장소에 부관이 고개를 갸웃거렸다.

그러나 곽자철은 이미 집무실을 나서기 시작했다.

부관이 얼른 생각을 떨쳐 내며 곽자철의 뒤로 따라붙었다.

"나갈 채비를 하겠습니다."

"그럴 것 없다. 편하게 나갈 생각이니까."

"하지만 혹시 모를 위협⋯⋯."

곽자철이 픽 웃으며 부관의 말을 끊었다.

"누가 말이냐? 담재선 놈도 멀리 갔다 하는데, 지금 궁에 그럴 만한 놈이 있기라도 하더냐?"

"그래도 만에 하나라는 것이 있지 않습니까?"

"그런 것 없다. 그러니까 둘이서 가자."

막무가내로 움직이는 곽자철을 보며 부관이 한숨을 푹 내쉬었다.

그러나 본연의 일에 충실하는 것이 먼저였다.

곽자철보다 한발 더 빨리 움직여 어디선가에서 말을 끌어오는 모습이었다.

곽자철이 만족스러운 얼굴로 고개를 끄덕였다.

"내가 이래서 자네를 곁에 두는 것이라니까."

그리고는 훌쩍 말에 뛰어오르는 곽자철.

부관이 당황한 얼굴을 했다.

"자, 장군! 궁에서 말에 오르시면……."

"되었다. 오늘은 너도 그만 쉬거라. 나 혼자 움직일 테니까."

그리고는 히히힝 말 우는 소리와 함께 곽자철이 휙 하고 달려 나갔다.

"자, 장군!"

난처함이 잔뜩 배어 나오는 부관의 목소리를 뒤로하고 곽자철은 빠르게 말을 몰았다.

중간중간 장애물이 있었지만 금의위의 수장인 곽자철에게는 그리 큰 문제가 되지 않았다.

짧은 순간 궁을 빠져나온 곽자철은 어느새 남경의 서문을 벗어나 이름 모를 야산 앞에서 말을 멈췄다.

제법 무성하게 우거진 수풀.

사람의 발길이 닿지 않는 곳인지 더는 말을 몰고 갈 수 없어 보였다.

근처에 아무렇게나 말을 방치한 곽자철이 한순간 땅을 쿡 찍었다.

그리고는 허공을 쭉쭉 뻗어 나갔다.

채 일각도 지나지 않아 산중턱에 도달한 곽자철은 초라한 오두막 앞에서 저도 모르게 신중한 얼굴로 옷매무새를 가다듬었다.

그리고는 주인을 부르려 목소리를 높이려는 찰나.

한 줄기 청아한 목소리가 먼저 그를 맞이했다.

"왔으면 들어오지 않고."

멈칫하던 곽자철은 한숨을 푹 내쉬며 오두막으로 들어섰다.

그리고 바닥에 정좌한 채 곽자철을 맞이하는 청년.

곽자철은 당연하다는 듯이 허리를 굽혔다.

"오랜만에 뵙습니다."

"되었다. 이번엔 또 무슨 일이냐? 한동안 찾지 않는 것 같더니."

청년은 자리도 권하지 않고 용건부터 물었다.

자신을 반기지 않는다는 의도가 명확하게 보였지만, 곽

자철은 조금의 불만도 나타내지 않고 청년의 물음에 답했다.

"다른 게 아니라…… 아무래도 장군께서 나서 주셨으면 해서 말입니다."

"내가? 왜? 주가의 천하가 무너질 위기에라도 처한 것이냐?"

곽자철이 고개를 저었다.

"그런 것이 아니옵고……."

"그럼 되었다. 그것이 아니라면 나는 더 할 말이 없으니 그만 가 보거라."

청년은 여전히 차가운 얼굴로 고개를 저었다.

그러나 곽자철은 순순히 물러날 생각이 없다는 얼굴로 재차 입을 열었다.

이번에는 단단히 마음을 먹은 것이었다.

"대장군께서 태조를 도와 일으키신 나라입니다. 그런데 어찌 가만히 지켜보겠다고만 말씀하십니까?"

"안 그래도 후회하고 있다. 그때 한가 놈이 아니라 주가 놈을 선택했던 것을 말이다."

"대장군!"

곽자철이 저도 모르게 버럭 소리를 질렀다.

사나운 기파가 불쑥 고개를 치켜들며 곽자철을 중심으로 회오리치듯 매섭게 몰아쳤다.

그러나 청년은 정좌한 자세 그대로 미동도 하지 않았다.

한참이나 두 눈을 부릅뜬 채 청년을 노려보던 곽자철은 이내 후 하고 한숨을 내쉬며 끓어오르는 내력을 가라앉혔다.

그리고는 다시 청년을 바라보며 사정하듯 말했다.

"장군, 그러지 마시고 한 번만 도와주십시오. 이러다가는 정말 장군께서 말씀하시는 그 위기가 찾아올지도 모를 일입니다. 내부에서부터 썩어 들어가서……."

그러나 청년은 여전히 고개를 저을 따름이다.

"그 때 가서 말하자꾸나. 그 때가 되면 명맥은 붙여 둘 테니까."

"대장군!"

곽자철이 다시 한 번 목소리를 높였다.

이제껏 딱딱한 얼굴을 하고 있던 청년이 처음으로 얼굴을 찌푸렸다.

"두 번 봐줬다. 한 번만 더 소리를 높이면 사지를 찢어 버리겠다."

별다른 기운이 어리지 않은 목소리였지만 곽자철을 위협하기에는 충분했다.

흠칫 몸을 떨며 긴장한 눈으로 청년을 쳐다보던 곽자철.

그러나 한순간 이를 악문 그가 다시금 입을 열려하는 순간, 청년이 먼저 고개를 저어 그의 말을 막았다.

"네 목은 의미 없다. 그러니까 이제 그만 가 보거라."

그와 동시에 청년이 손을 획 내저었다.

무형의 기운이 훅 몰아치는가 싶더니 곽자철이 손을 쓸 틈도 없이 쭉 밀려났다.

쾅!

"큭!"

오두막의 문짝을 부수고 아무렇게 바닥에 널브러진 곽자철.

울컥 치솟아 오르는 무언가를 기어이 참아 내지 못한 곽자철이 울컥 핏덩이를 토해 냈다.

"웩!"

그러나 지저분해진 입가를 수습할 생각도 하지 못한 채 부서진 문 사이로 여전히 정좌하고 있는 청년에게로 시선을 던지며 한숨을 쉬듯 목소리를 냈다.

"대장군……."

커다란 규모를 자랑하는 팽가에서 가장 깊은 곳에 위치한 가주전.

늦은 시각임에도 여전히 불이 꺼지지 않은 그곳에 팽가의 소가주 팽가한이 모습을 드러냈다.

자신의 존재를 알리려 목소리를 높이려는 무사들을 손을 저어 물리친 그가 이내 제 스스로 목소리를 냈다.

"아버님, 가한입니다."

"들어오너라."

팽도극의 허락에 팽가한이 조심스러운 몸가짐으로 집무실로 들어섰다.

그리고는 팽도극을 향해 고개를 숙이려는데, 그가 먼저 손을 저어 팽가한을 만류했다.

"되었다. 보는 이도 없는데 인사는 무슨. 앉거라."

"감사합……."

"되었다니까. 그보다 밤이 늦은 이 시간에 네가 어쩐 일이냐?"

자신이 팽가라는 것을 증명하기라도 하듯 팽가한이 자리에 앉기도 전에 용건부터 물으며 급한 성정을 내보이는 팽도극이었다.

팽가한은 자리에 앉으려는 생각을 접고 입부터 열었다.

"궁에서 요청이 왔습니다."

"궁에서? 무엇을 말이냐?"

"이번에 석가장을 치려는 일 말입니다. 사람을 보내 달라고 하더군요."

팽가한의 말에 팽도극이 얼굴을 찡그렸다.

"우리 사람을? 누가 요청한 것이냐?"

"왕진입니다."

"이런…… 그 어린놈이 벌써 복귀했단 말이더냐?"

"그렇습니다."

고개를 끄덕이는 팽가한을 보며 팽도극이 한숨을 내쉬었다.

"물러도 너무 물러. 몇 번이나 실패한 놈을 벌써 불러들이다니…… 피도 섞이지 않은 놈을 말이다."

"원래 내관들이 그렇다고 들었습니다. 제 핏줄보다 제 마음에 든 녀석을 더 아낀다고."

"그거야 높이 올라가지 못하는 잡놈들이나 그러는 것이고, 산전수전 다 겪은 동창의 제독이 할 만한 일은 아니지. 왕식 그놈도 이제 나이가 든 모양이구나."

마음에 들지 않는다는 얼굴로 고개를 절레절레 젓던 팽도극이 문득 팽가한을 쳐다봤다.

"네 생각은 어떠냐?"

"제 생각을 물으시는 겁니까?"

"그렇다."

자신의 생각은 이미 정해져 있었지만 말부터 쏟아 내지 않고 한 번 더 생각을 정리하는 팽가한이었다.

다른 팽가의 구성원들과는 다르게 신중한 모습을 보이는 팽가한의 태도에 팽도극이 만족의 미소를 보일 때쯤, 그가 고개를 들며 말문을 열었다.

"왕진의 요청을 무시할 수는 없습니다. 애초에 석가장의 일은 아버님께서 동창에 부탁해 꾸민 것이니까요."

"그렇지."

"그럼 누구를 보내느냐가 문제인데, 제 짧은 소견으로는 어차피 해야 할 일이면 일반 무사들을 보내기보다는 어느 정도 고수를 보내는 것이 좋을 것 같습니다."

"왜 그러냐?"

"이번 일이 새어 나가지 못하도록 확실하게 매듭짓는 것과 왕진의 체면 역시도 생각해야지요. 어느 정도 고수들을 보내면 그 녀석도 좋아라 할 것입니다."

제법 논리가 정연한 설명이었지만 팽도극은 마음에 들지 않는다는 얼굴을 했다.

"네가 왕진의 체면을 살려 주겠다는 것은 다음 대를 생각한다는 뜻이겠지?"

"그렇습니다. 아무래도 다음 권력을 잡는 것은 그 녀석이 가장……."

그러나 팽도극은 고개를 저었다.

"그건 모르는 일이지. 왕식이 마음을 달리 먹으면 판도가 한순간에 변할 테니까. 무언가를 생각할 때는 그 중심에 왕진이 아닌 왕식을 두어야 한다. 그래야 실수가 없는 법이다."

팽도극의 말에 팽가한이 움찔 몸을 떨었다.

그리고는 제 실책을 순순히 인정하며 고개를 숙이려는 찰나.

"되었다. 아직 경험이 부족하니 그럴 수도 있는 법이지."

손을 저어 제 아들을 만류하는 팽도극이었다.

"그리고 적당한 고수들로 준비하거라. 네 말대로 이번 일은 깔끔하게 해결해야 하니까 말이다."

"알겠습니다."

그러나 팽가한은 여전히 집무실을 벗어날 생각을 하지 않는다.

팽도극이 고개를 갸웃거렸다.

"왜? 아직 남은 것이 있느냐?"

"그렇습니다. 그…… 석가장 말입니다."

"석가장? 석가장이 왜?"

팽가한이 조심스러운 얼굴로 팽도극의 눈치를 살폈다.

"조금 심기를 어지럽힐 수도……."

"괜찮다. 말해 보거라."

팽도극의 허락에 팽가한이 그제야 고개를 끄덕이며 자신의 의문을 풀어냈다.

"소자의 짧은 식견으로는 도무지 이해가 가지 않아서 그렇습니다. 우리 팽가와 석가장이 하북을 두고 오랜 시간 반목했다고는 하나, 이제 와서 굳이 그들을 건드릴 이유가 무엇인지 아무리 고민을 해 봐도 짚이는 것이 없습니다. 이제는 완전히

몰락해서 흔적만 남았다고 해도 과언이 아닌데, 그 흔적마저 지워야 할 이유를…… 여쭈어 봐도 되겠습니까?'

팽가한이 말을 이어 갈수록 팽도극의 얼굴이 점점 더 딱딱해져 갔다. 심상치 않은 그의 모습에 팽가한이 말미에는 저도 모르게 긴장한 얼굴을 했다. 팽도극의 반응으로 볼 때 제 예상보다 더 심각한 일이 내포되어 있음을 직감한 것이다.

팽가한이 저도 모르게 등허리에 식은땀이 주르륵 흘러내리며 싸늘한 느낌을 받을 때, 팽도극이 한숨을 내쉬며 고개를 저었다.

"그럴 것 없다. 너도 어차피 가주가 되려면 알아야 할 일이니…… 잠시 기다려 보거라."

그리고는 한쪽 구석으로 가더니 한눈에 보기에도 무거워 보이는 철로 된 서랍장을 한 손으로 번쩍 들어 올렸다. 그리고는 그 아래를 뒤적거리는 듯싶더니 길쭉한 목갑 하나를 찾아내 다시 자리로 돌아오는 팽도극이었다.

팽가한의 두 눈에 호기심이 어렸다.

"그것이 무엇입니까?"

그러나 팽도극은 말보다 행동이 먼저였다.

팽도극이 목갑을 열자 반토막이 난 거무튀튀한 도신이 모습을 드러냈다.

팽도극이 여전히 의문이 가득한 팽가한의 시선을 마주

하며 그제야 목소리를 냈다.

"오호단문도다."

팽가한이 당황한 얼굴로 두 눈을 동그랗게 떴다.

직후 팽가한이 의문이 담긴 목소리를 내려는 찰나, 팽도극이 먼저 입을 열었다.

"이왕 이렇게 된 것, 나머지 반쪽을 네가 찾아오거라. 네가 찾아서 완전한 오호단문도를 다시 부활시키도록 하거라."

의문은 많았지만 그것보다 다른 것이 우선이라는 것을 직감적으로 알아차린 팽가한이었다.

팽가한이 흔들리는 눈으로 팽도극을 쳐다보며 더듬더듬 목소리를 냈다.

"나, 나머지 반쪽은…… 혹시?"

그리고 팽가한이 말하는 바를 어렵지 않게 알아들은 팽도극이 고개를 끄덕였다.

"석가장이다. 네가 가서 직접 찾아오거라."

주인이 열심히 일을 하는데 객이 빈둥거릴 수만은 없는 일이다.

특히 주인이 궁하면 궁할수록 그런 현상은 더 심해졌다.

물론 석가장에서 따로 눈치를 주거나 하지는 않았지만 오히려 그게 더 불편한 소무결이었다.

하루 이틀이라면 몰라도 그것이 열흘이 넘어가자 더 버틸 만한 뻔뻔함은 제아무리 소무결이라도 터득하지 못했다.

오늘도 다른 이들과 함께 밭일을 하고 온 소무결이 한숨을 푹 내쉬었다.

"모용기 이 자식, 석가장을 도와주라는 게 설마 농사일이나 도와줘라 뭐 그런 건 아니겠지?"

운현이 소무결의 말에 동의한다는 듯이 고개를 끄덕였다.

"내 말이. 봉마곡에서도 그렇고 밖에 나와서도 그렇고, 이게 하도 하다 보니까 이골이 나서…… 아까 그 석가장 식솔들이 일 잘한다고 감탄하는 거 봤지? 내가 창피해서 진짜. 내 사형제들이 보면 1년 내내 놀림감이 될 일이라고."

그러나 천영영은 큰 불만이 없어 보였다.

"왜? 일 좀 하는 게 어때서? 석가장 사람들도 좋고, 또 하다 보니까 봉마곡에서 하던 것도 생각나서 난 좋기만 하던데."

천영영의 말에 소무결이 헛웃음을 흘리며 그녀를 신기하다는 듯이 쳐다봤다.

"헐…… 너 진짜 천영영 맞아? 혹시 얼굴만 똑같이 생긴

다른 사람 아니야? 아니지. 혹시 인피면구라도……."

소무결이 저도 모르게 천영영의 얼굴을 향해 손을 뻗는데, 운현이 냉큼 둘 사이를 가로막으며 소무결의 손을 탁하고 쳐냈다.

"이 자식! 지금 어따 손을 갖다 대? 죽고 싶어? 한 달 내내 씻지도 않은 손을…… 더럽게 진짜."

"아니, 그렇잖아. 옛날만 해도 찬바람이 쌩쌩 불던 게…… 눈빛만 마주쳐도 씹어 먹어 버리겠다 하던 그……."

"뭔 소리야? 영영이가 언제 그랬어? 얘가 얼마나 상냥한데!"

운현의 말에 소무결이 어처구니가 없다는 얼굴을 했다.

"상냥? 얘가? 네가 생각하는 상냥이라는 말과 내가 생각하는 상냥이라는 말이 의미가 좀 많이 다른 것 같다?"

"이 자식이 진짜!"

운현이 얼굴을 와락 구겼다.

멀뚱멀뚱 지켜보던 제갈연이 풋 하고 웃음을 터트렸다.

운현이 제갈연을 돌아봤다.

"넌 또 왜 웃어? 너도 한바탕해 보겠다 이거야?"

"아니, 그건 아니고."

제갈연이 냉큼 고개를 젓더니 운현과 마찬가지로 얼굴을 찌푸리고 있는 천영영의 팔짱을 꼈다.

천영영이 제갈연을 쳐다봤다.

"왜?"

"지금쯤이면 운설이가 물 다 데워 줬을 것 같아서. 씻으러 가자."

그리고는 천영영을 이끌어 어디론가 모습을 감춰 버렸다.

미간을 좁히며 둘의 뒷모습을 쳐다보던 운현이 얼른 고개를 휘휘 젓고는 소무결을 다시 쳐다봤다.

"너 이 자식, 한 번만 더 그따위로 말하면……."

그러나 소무결은 이미 운현에게 관심을 잃었다. 그리고는 귀찮다는 얼굴로 고개를 절레절레 저었다.

"야, 그 자식 또 온다."

"그 자식?"

천영영의 일에 정신이 쏠려 있던 운현이 소무결보다 한 박자 늦게 얼굴을 찌푸렸다.

"에이 씨. 저건 진짜 지치지도 않나? 맨날 쥐 터지면서……."

그리고 운현이 말을 끝내기도 전에 모습을 드러내는 동글동글한 얼굴의 석대림.

"형님들! 오늘도 잘 부탁드립니다!"

자신들에 대한 호의가 가득한 얼굴이었지만 이제는 한기가 돋을 정도로 싫은 얼굴이었다.

운현이 한숨을 푹 내쉬다가 뒤를 돌아봤다.

"야, 오늘은 네 차례…… 어?"

횅한 공간에 한 줄기 바람이 휘이잉 스쳐 지나가며 흙먼지가 가볍게 일었다.

운현이 얼굴을 와락 구겼다.

"야 이 빌어먹을 거지새끼야!"

참룡
회귀록

斬龍回歸錄

62 章.

석대림은 해가 지고도 한참이나 운현에게 들러붙었다.
여지없이 얻어맞으면서도 무엇이 그렇게 좋은지 석대림의
얼굴에서는 웃음이 가시질 않았다.

먼 거리에서 그 모습을 한참이나 지켜보는 석동의 등 뒤
로 막수광이 다가서며 목소리를 냈다.

"아직도 그렇게 걱정되나?"

석동이 뒤를 돌아보지도 않고 고개를 끄덕였다.

"자네도 자식이 생기면 내 마음을 이해할 수 있을 걸세."

석동의 말에 막수광은 일순 대구할 말을 찾지 못했다. 석
동의 말대로 자신은 알지 못하는 것이었기 때문이다. 그러
나 다른 것은 알고 있었다.

"내가 자네 마음은 모르지만 대림이 마음은 잘 알고 있지."

석동이 어느새 자신의 곁으로 다가온 막수광을 쳐다봤다.

막수광이 슬며시 입꼬리를 추켜올리며 목소리를 냈다.

"우리 아버님이 딱 자네 같았거든. 잊고 살라고…… 어떻게든 날 막아 보려 하셨지."

석동의 두 눈에 의문이 어렸다.

"잊고 살다니? 무엇을?"

그러나 막수광은 고개를 저었다.

"그건 알 필요 없고. 내가 하고 싶은 말은 자네가 적당히 양보하라는 뜻이네. 억지로 눌러둬 봐야 그게 오래가지는 못해. 어떻게든 튀어 나가게 되어 있으니까. 그럴 바엔 차라리 선선히 보내 줘서 나중에라도 마음 편히 돌아올 수 있도록 하는 게 낫지 않겠나?"

막수광의 말에 석동은 짚이는 것이 있었다.

"자네…… 고향에 간 적이 없나?"

석동의 질문에 막수광은 말이 없었다.

그저 쓸쓸하게 웃을 뿐이었다.

그러나 그것만으로도 충분히 원하는 것을 얻은 석동은 한참이나 더 석대림을 지켜보는가 싶더니 어느 순간 휙 몸을 돌렸다.

"어디 가나?"

막수광의 목소리가 뒤따랐다.

그러나 이번에는 석동이 대답하지 않았다.

그리고 제 거처로 들어선 석동은 바닥에 앉지도 않은 채 오랜 시간을 서성거리기만 했다. 이후 석가장을 밝히던 불빛이 하나둘씩 꺼지고 사위가 어둠에 깊숙이 잠겼을 때, 비로소 무언가 결심을 내린 얼굴로 제 침상으로 다가간 그가 침상을 번쩍 들어 한쪽으로 옮겼다.

그리고는 바닥을 뜯어 안에 감춰져 있던 목갑을 들어냈다.

조심스러운 손길로 뚜껑을 여는 그.

이내 그의 눈앞에 반토막이 난 거무튀튀한 도신이 모습을 드러냈다.

석동이 한숨을 내쉬듯 목소리를 냈다.

"오호단문도……."

착잡한 얼굴을 한 석동이 오호단문도로 손을 가져가려는 순간.

"누구냐!"

소무결의 목소리가 쩌렁쩌렁하게 울려 퍼졌다.

각기 한 군데씩 박살이 난 채 바닥을 꿈틀거리는 세 개의 인영.

소무결의 뒤로 다가서던 운현이 고개를 갸웃거렸다.

"뭐야? 무슨 일인데?"

"몰라, 나도. 오줌 싸러 나왔는데 갑자기 이것들이 담장을 뛰어넘더라고."

"그래? 도둑인가?"

운현이 흑의인영들에게 건들거리는 걸음걸이로 다가섰다.

"당신들 정체가 뭐야? 뭔데 남의 집 담을 넘어? 진짜 죽고 싶어?"

운현이 잔뜩 인상을 쓴 채 그들을 을러댔다.

그러나 돌아오는 것은 침묵뿐, 운현이 가소롭다는 얼굴을 했다.

그리고는 발끝으로 흑의인영 중 하나를 툭 찼다.

"으, 으윽!"

그러나 들려오는 것은 낮은 신음 소리.

운현이 원하던 바와는 거리가 있었다.

"어쭈? 이 자식들 봐라?"

정확히 상처 부위를 콕 찍은 것이니 고통이 엄청날 텐데도 이를 악물고 버티는 그의 모습에 운현의 눈빛이 달라졌다.

"야, 이 자식들 아무리 봐도 단순한 도둑은 아닌 것 같은데? 혹시 원한?"

"그건 나도 모르지. 난 그냥 쟤네들이 담을 넘길래 때려 잡은 것뿐이니까."

운현과 비슷하게 미간을 좁히는 소무결이었다.

운현이 흑의인영들을 힐끔 쳐다보며 말했다.

"어쩔래? 그냥 석 가주님께 넘길까? 아니면 그냥……."

말을 하던 운현이 한순간 흠칫하며 말꼬리를 흐렸다.

운현과 같은 것을 느낀 소무결 역시 딱딱한 얼굴을 하며 목소리를 냈다.

"이거…… 쟤네 셋이 전부가 아니었네."

"그러게. 제법 숫자가……."

운현의 말이 끝나기도 전에 담장 위로 내려서는 이십여 개의 인영들.

복면으로 얼굴을 꽁꽁 싸매고 있는 그들의 모습을 노려 보고 있던 운현이 한순간 손뼉을 짝 하고 쳤다.

"아! 기아 자식이 말한 게 이건가 보다."

운현의 말에 소무결이 그제야 알았다는 얼굴로 고개를 끄덕였다.

"그러네. 갑자기 이상한 말을 한다 했더니 이거였나 보다. 근데 그 자식은 이걸 어떻게 알았대? 그 자식이 말한 게 2년 전이라면서?"

"그건 나도 모르지. 근데 알 만한 놈들이 저기 많이 있 네."

운현이 조금의 긴장감도 없는 얼굴로 담장 위의 흑의인
영들을 향해 턱짓을 했다.

그러나 바닥에 쓰러져 여전히 끙끙거리고 있는 세 개의
인영을 힐끔 쳐다보며 이내 난감한 얼굴을 했다.

잡는 게 문제가 아니라 입을 열게 하는 것이 문제라는 것
을 어렵지 않게 알아차린 것이다.

"쉽지 않을 것처럼 보이는데……."

"그거야 해 봐야 아는 거고. 정 안 되면 우리 개방에 넘기
면 돼. 이런 일만 전문으로 하는 방도가 꽤 많거든. 손이 좀
독해서 많이 죽어 나가기는 하는데 이 정도 숫자면 뭐."

운현이 얼굴을 찡그렸다.

"야, 인마. 그런 말을 아무렇지도 않게…… 말 좀 가려서
하라고. 그게 새어 나가면 개방에 독이 될 수도……."

"걱정도 참 많다. 새어 나가긴 무슨 수로 새어 나가? 고작
저 숫자로? 진짜 그러면 주 씨 할배한테 가루가 되도록 쥐
터질지도 몰라."

자신들을 한껏 얕잡아 보는 소무결의 태도에 더는 참지
못하겠는지 흑의인영들 중 가운데에 있던 이가 목소리를
냈다.

"건방진 놈! 네놈이 죽고 싶어 안달이 났구나!"

"내가? 아닌데. 내가 아니라 네놈들이겠지."

그와 동시에 소무결의 신형이 흐릿해지는가 싶더니 말을

나누던 흑의인영 앞으로 불쑥 튀어나왔다.

"어? 너 뭐……?"

"뭐긴 뭐야? 일단 좀 맞…… 어?"

소무결의 좌우를 노리고 날아드는 서너 개의 검 끝.

당황한 와중에도 흑의인영들의 검은 반사적으로 움직이며 소무결을 노렸다.

"헛!"

차차창!

쭉 밀려나며 다시 운현의 옆으로 내려선 소무결.

운현이 한심하다는 눈으로 소무결을 쳐다봤다.

"어째 앞뒤 재지도 않고 덤벼든다 했더니."

"시끄럽고…… 저것들 보통이 아니다."

"그건 나도 봐서 알고……."

그 순간 등 뒤에서 터져 나오는 폭음!

콰앙!

귓가를 가득 메우는 폭음에 운현이 힐끔 뒤를 돌아봤다.

"더 있나 본데?"

소무결이 끙 하고 앓는 소리를 냈다.

그러나 운현은 더 기다려 줄 여유가 없는지 소무결을 재촉했다.

"어쩔래? 합류할까? 아니면 얘들부터 잡을까?"

운현의 질문에 소무결이 빠르게 머리를 굴렸다.

그리고는 말도 없이 바닥을 콕 찍으며 뒤로 쭉 물러섰다.

운현이 얼굴을 와락 구겼다.

"이 개자식아! 가면 간다고 말 좀 하라고!"

막수광이 주르륵 밀려났다.

입가에 흐르는 가는 핏줄기를 닦아 낼 생각도 하지 못한 채, 막수광이 얼굴을 찌푸렸다.

"당신들은 누구……?"

그러나 각기 적색과 청색 의복을 걸친 노인들에게서는 어떠한 대답도 들려오지 않았다.

그의 궁금증은 어느덧 검을 뽑으며 다가온 제갈연에 의해 해소될 수 있었다.

"그들이에요?"

"그들?"

"예. 예전에 철장방에서……."

막수광이 더 듣지도 않고 고개를 끄덕였다.

"음양이로라는 노물들이었군."

양노가 눈을 동그랗게 떴다.

"우릴 알아? 어떻게……."

음노가 한 발 앞으로 나서며 양노의 말을 끊었다.

"제갈가의 계집일세."

"제갈가의 계집?"

음노의 말에 양노가 제갈연과 그녀의 좌우에 서 있는 백운설과 천영영을 유심히 쳐다보는 듯싶더니 이내 알겠다는 얼굴로 고개를 끄덕였다.

"그렇군. 그때 그 꼬맹이들이었어. 벌써 3년이 지났나? 제법 많이 커서 못 알아봤군."

음노가 미간을 좁혔다.

"그런데 저것들이 왜 여기에……."

"그거야 잡아 놓고 물어보면 될 일이고. 잘됐군. 그때 일을 제대로 끝내지 못해서 찜찜했는데, 지금이라도 마무리하도록 하지."

말이 끝나기 무섭게 푹 꺼지듯 사라지는 양노의 신형.

그리고는 제갈연의 면전에서 불쑥 튀어나오는 양노였으나, 좌우에서 동시에 날아드는 두 개의 검광에 기겁을 하며 뒷걸음질 쳤다.

"헛!"

툭!

앞섶이 툭 잘려 나가며 양노의 장포가 한순간 펄럭이며 세차게 나부꼈다.

양노가 딱딱한 얼굴을 하고 있는데 제갈연이 생긋 웃으며 검을 들었다.

"놀랐죠? 우리도 많이 변했다구요."

그 말과 동시에 하늘거리며 솟구쳐 오르는 세 개의 인영.

제갈연과 백운설, 천영영이 각기 다른 방향에서 검을 뻗었다.

양노가 으드득 이를 갈았다.

"이런 빌어먹을 년들이!"

그리고 쉭 하며 뻗어 나오는 강맹한 일장.

제대로 갖춰지지 못한 일장이지만 위력은 충분하다 여겼다.

저들이 주춤하는 틈을 타 잠시 몸을 추스르려던 양노는 한순간 두 눈을 부릅떴다.

"거, 검기!"

제갈연의 검에서 새파란 검기가 불쑥 치솟아 오르더니 자신의 일장을 갈기갈기 찢어발겼던 탓이다.

콰콰쾅!

양노가 뻗어 낸 일양장의 파편이 사방에서 흙먼지를 피워 올렸다.

자욱한 흙먼지에 휩싸인 양노를 향해 한 치의 망설임도 없이 검을 뻗는 천영영과 백운설의 모습에 음노가 낭패한 얼굴을 했다.

"이, 이런!"

저답지 않게 목소리를 높인 음노가 획 몸을 날리려던 순간.

음노 역시 양노와 비슷하게 기겁을 하며 몸을 뺐다.

촤아악!

막수광의 도기가 남기고 간 길게 갈라진 흔적.

음노가 자신의 앞을 막아서는 막수광을 노려봤다.

막수광이 넘실거리는 도기를 앞세운 채 살기가 가득한 음노의 시선을 담담한 얼굴로 받아들였다.

"둘은 무리겠지만 하나 정도는 잡을 수 있지."

그리고는 더 볼 것도 없다는 얼굴로 신형을 휙 날리더니 새파란 도기에 휩싸인 거무튀튀한 도신을 쭉 뻗어 냈다.

음노가 얼굴을 와락 일그러뜨렸다.

"건방진! 죽어!"

급한 마음에 음노가 오른손을 휙 내저으며 다섯 개의 손가락을 동시에 튕겨 냈다.

각기 다른 방향을 노리며 날아드는 다섯 개의 무형의 기운들.

그 모습에 잠시 망설이는 듯하던 막수광이었으나 이내 이를 악물며 도에 힘을 더했다.

퍼퍼퍼퍽!

음노가 떨쳐 낸 무형의 기운들이 막수광을 직격했다.

팟 하고 피가 튀어 오르는 와중에도 꾸역꾸역 밀고 들어가는 막수광.

그리고 한순간에 눈앞까지 다가온 새파란 도기에 기겁을

하며 몸을 트는 음노.

　파앗!

　음노의 옆구리가 길게 갈라지며 이번에도 핏물이 팟 하고 튀어 올랐다.

　"으윽!"

　음노가 비틀거리며 한 걸음 물러섰다.

　그리 깊게 베이지는 않았지만 묘하게 균형을 무너트리는 상처였다.

　그에 반해 자신의 공격은 원하는 바를 이루지 못했다.

　자신보다 더 피를 흘리는 막수광이었지만 원래 노렸던 요혈은 모조리 비껴 지나간 것이다.

　여전히 흐트러짐이 없는 막수광의 자세에 음노가 얼굴을 찡그렸다.

　"손해를 봤다고? 내가?"

　"그러게 조심 좀 하지."

　갑작스레 느껴진 기척에 흠칫하던 음노가 익숙한 목소리에 긴장을 풀며 시선을 돌렸다.

　"자네……."

　"왜? 걱정이라도 되던가? 저런 꼬맹이들을 상대로?"

　양노가 핏물로 흥건하게 젖어든 음노의 옆구리를 쳐다보며 쯧 하고 혀를 찼다.

　"아직 그 정도 퇴물은 아니야. 쓸데없는 곳에 정신 팔지 마.

그러니까 그 모양이지."

그러나 담담한 음성과는 달리 양노 역시 산발한 머리로 낭패함을 보여주고 있었다.

앞섶이 베어져 제멋대로 휘날리는 장포가 거슬리는지, 거친 손길로 북북 찢어 아무렇게나 내던져 버린 양노가 막수광을 중심으로 몰려든 제갈연 등을 노려보며 이를 갈았다.

"잠깐 좋았지? 제대로 해보자."

양노의 눈길이 제갈연을 시작으로 하나하나 훑고 지나갔다.

그리고 마지막으로 양노의 시선을 받은 백운설이 생긋 웃음을 보였다.

"할배, 그딴 말을 하는 거 보면 아직 살 만한가 봐? 방금 전에 힐레벌떡 내빼던 거 생각 안 나?"

"빌어먹을 년이! 숫자에 의지해서 조금 이득을 봤다고 간땡이가 배 밖으로 나왔나 보구나! 죽고 싶은 것이냐?"

"죽기 싫다고 하면 살려는 줄 거고? 그딴 소리 하려면 차라리 멍멍 짖기나 해. 그거나 그거나 의미는 똑같으니까."

"이…… 이……!"

양노가 극도로 화가 뻗치는지 부들부들 몸을 떨었다.

그것을 증명이라도 하듯이 기파가 매섭게 몰아치며 머리카락 하나하나가 올올이 곤두섰다.

제법 사나운 모습이었지만 천영영의 눈길은 그에게 관심이 없다는 듯이 백운설에게로 향했다.

천영영이 미간을 좁혔다.

"운설이 너, 그런 말버릇은 어디서……."

"아, 이거? 팽 할매가 이렇게 말하던데? 왜? 내가 잘못한 거야?"

천영영이 한숨을 푹 내쉬며 고개를 절레절레 저었다.

백운설이 순진한 얼굴로 재차 말했다.

"뭐 어때? 어차피 우리가 숫자도 많고…… 어라?"

순간 느껴지는 여러 개의 기척들.

미처 반응할 틈도 주지 않은 채 십여 개의 인영이 불쑥 담을 넘었다.

옆구리를 꾹 누르고 있던 음노가 시선을 돌려 가장 가운데에 있는 좀 더 체구가 큰 흑의인을 쳐다봤다.

"늦었군."

그러나 그는 아무런 대꾸가 없었다. 드러난 두 눈에서 오히려 당황한 듯한 느낌이 들었다.

음노가 의문을 표했다.

"왜?"

그와 동시에 흑의인의 눈빛이 되살아나더니 절레절레 고개를 저었다.

"아니야, 아무것도. 그보다 꽤나 고전한 것 같은데."

흑의인의 말이 아픈 부분을 콕 찔렀다.

음노가 못마땅하다는 듯이 얼굴을 찡그리는데, 양노는 오히려 신이 난 듯했다.

양노가 히죽 웃으며 백운설을 쳐다봤다.

"어쩌나? 이제는 우리가 더 많은데."

백운설이 곤란하다는 얼굴을 했다.

그리고는 즉시 제갈연을 쳐다봤다.

이럴 때 의지가 되는 이가 그녀였기 때문이다.

천영영 역시 같은 생각을 한 것인지 백운설과 동시에 제갈연에게 시선을 돌리며 말했다.

"어쩌지?"

"어쩌지?"

그러나 곤란한 것은 제갈연 역시 마찬가지였다.

제갈연이 막수광을 힐끔 쳐다봤다.

막수광은 여전히 단단한 얼굴로 흔들림이 없었다.

그러나 그것만으로는 부족했다.

제갈연이 얼굴을 찡그렸다.

'일단 물러서서 다른 애들을 찾아야 하나?'

잠깐 머리를 굴리던 제갈연이 한순간 환한 얼굴을 했다.

익숙한 두 개의 기척.

"무결아! 운현아!"

그러나 반가운 기색도 잠시, 소무결과 운현의 뒤를 따르는 십수 개의 기척에 당황한 얼굴을 했다.

"어? 이건⋯⋯."

그리고 불쑥 모습을 드러내는 소무결과 운현.

주위를 획 둘러보는 것으로 순식간에 상황을 파악한 소무결이 냅다 소리쳤다.

"야! 튀어!"

갑작스러운 외침에 석동이 움찔 몸을 떨었다.

그리고는 누가 볼세라 급한 동작으로 오호단문도가 담긴 목갑의 뚜껑을 덮고는 원래 있던 자리로 되돌려 놓았다.

흔적을 남기지 않으려 꼼꼼히 살핀 석동이 조금 시간이 지난 후에야 자리에서 일어서 밖으로 나섰다.

직후 석동의 아내, 이숙정이 다가와 불안한 눈으로 밖으로 나서는 제 남편을 쳐다봤다.

무공을 모르는 그녀마저 잠이 확 깰 정도로 소무결의 목소리는 효과가 탁월했던 것이다.

"여, 여보⋯⋯."

석동이 고개를 저었다.

"좀도둑이겠지. 불안해할 것 없소."

그리고는 장포를 걸치고 거처를 나섰다.

"장주님!"

어느새 몰려든 석가장의 식솔들이 석동을 불안한 눈으로 쳐다봤다.

말없이 시선을 틀어 식솔들의 얼굴을 하나하나 확인하던 석동이 미간을 좁혔다.

"대림이는……?"

"아버지!"

멀리서 석대림이 헐레벌떡 달려왔다.

석동이 그제야 고개를 끄덕였다.

"다 모였군."

"아버지, 이게 어떻게 된……."

불안감을 드러내는 석대림의 목소리에 석동은 다시 한 번 같은 말을 했다.

"좀도둑이겠지. 너무 걱정할 것 없다."

그러나 석대림은 쉽게 얼굴을 펼 수가 없었다.

멀리서 간간이 들려오는 폭음은 상대가 단순한 좀도둑이 아니라는 증거였기 때문이다.

그리고 그의 생각이 틀리지 않았다는 것을 증명이라도 하듯이 하나둘 검은 인영이 툭툭 떨어져 내렸다.

가뿐히 두 자릿수를 넘어서는 숫자.

석대림이 당황한 얼굴을 했다.

그러나 이내 사나운 얼굴로 검은 인영들을 을러댔다.

"다, 당신들 누구요! 감히 여기가 어디라고……."

그러나 되돌아오는 것은 비웃음뿐이었다.

"어디긴 어디야? 다 쓰러져 가는 집구석이지."

"이익!"

한껏 비웃음이 담긴 목소리에 석대림이 발끈하며 앞으로 나서려는 순간, 석동이 석대림의 손목을 낚아챘다.

"아, 아버지?"

석동이 가만히 고개를 젓고는 석대림을 대신해 한 걸음을 앞으로 나섰다.

"재물이라면 재주껏 가져가시오. 저항하지 않을 테니. 대신 식솔들은 다치지 않았으면 좋겠소."

석동의 말에 석대림에게 비웃음으로 대꾸했던 예의 검은 인영이 무리들 가운데서 한 발짝 앞으로 나섰다.

"이거 참, 멍청한 건지, 멍청한 척하는 건지. 뭐 상관없나?"

사내가 팔짱을 끼더니 고개를 까딱거렸다.

"죽여."

사내의 목소리가 떨어지기 무섭게 검은 인영들이 일제히 촤촤촹 검을 뽑아 들었다.

그리고는 바닥을 박차려 자세를 낮추는 순간.

파파팍!

무언가가 날아들어 흐름을 끊었다.

앞으로 나선 사내가 미간을 좁히며 고개를 틀었다.

"어떤 새끼가……."

동시에 석대림이 반색을 했다.

"형! 소문이 형!"

툭 떨어지며 석가장의 식솔들을 가리는 당소문.

당소문이 미간을 좁히며 검은 인영들을 노려봤다.

"당신들…… 누구야?"

"호오. 제법 쓸 만한 놈도 하나 있었나?"

걱정스럽다기보다는 호기심이 가득한 눈길이 당소문을
향했다.

혼자로는 큰 영향력을 미치지 못하기 때문이다.

대세에 지장을 줄 정도는 아니라고 생각했다.

그러나 당소문은 고개를 저었다.

"하나가 아니고."

"응?"

앞으로 나선 사내가 고개를 갸웃거리는 순간.

소무결 등이 툭툭 떨어져 내리며 석가장의 식솔들을 감
쌌다.

소무결이 뿌듯하다는 얼굴로 막수광을 쳐다봤다.

"내 말 맞죠? 여기도 괜찮을 리가 없다니까요."

막수광이 끙 하고 앓는 소리를 내더니 이내 석동을 쳐다
보며 목소리를 냈다.

"자네들은 들어가 있게."

"하지만……."

"방해만 될 뿐이야. 들어가 있어."

막수광의 냉정한 말에 석동이 얼굴을 찡그렸다.

그러나 곧 후 하고 한숨을 내쉬더니 석가장의 식솔들을 돌아봤다.

"들어가자."

"하, 하지만 아버지……!"

석대림이 반발심이 가득한 얼굴로 제 아비를 쳐다봤다.

그러나 제 속을 털어놓기도 전에 운현이 휙 다가서며 석대림의 뒷덜미를 낚아챘다.

"어? 운현 형?"

"시끄럽고. 들어가 있어. 진짜 방해만 된다고."

그리고는 석대림을 냅다 집어 던져 버렸다.

"어? 어? 자, 잠……!"

퍽!

"컥!"

떨어지다 어딜 어떻게 부딪힌 것인지 석대림이 숨 막히는 듯한 소리를 냈다.

천영영이 얼굴을 찡그리며 운현을 쳐다봤다.

"아무튼 거칠다니까. 살살 좀 하지."

"이 정도 가지고 뭘. 기아 자식은 날 적들 사이에 냅다 집어 던졌는데."

어깨를 으쓱하던 운현이 멍청한 얼굴을 하고 있는 석동을 재촉했다.

"뭐 해요? 얼른 들어가지 않고. 때 놓치면 들어가지도 못하는 수가 있어요."

"아, 알았네."

운현의 재촉에 석동이 그제야 고개를 끄덕이더니 다급한 얼굴로 식솔들을 재촉했다.

석가장의 식솔들이 석동의 거처로 모습을 감추자 당소문이 고개를 갸웃거리며 운현을 쳐다봤다.

"때를 놓치다니? 그건 또 무슨……."

그러나 말끝을 흐리는 당소문이었다.

멀리서 급격하게 거리를 좁혀 오는 수십여 개의 기척들.

당소문이 당황한 얼굴을 했다.

"너희들…… 대체 뭘 달고 온 거냐?"

포위하듯 넓게 포진해 있는 검은 인영들.

선두에 나선 음양이로를 노려보고 있던 소무결이 당소문을 쳐다봤다.

"야, 올라가."

의미를 알기 어려운 말이었지만 용케 그것을 파악한 당소문이 바닥을 콕 찍었다.

흐릿해지던 당소문의 신형이 석동의 거처 위에서 불쑥 모습을 드러냈다.

자연스럽게 팔을 늘어트리는 당소문의 모습에 음노가 얼굴을 찌푸렸다.

"이거…… 쉽지 않겠는데."

무공도 만만치 않은 듯했지만 그보다 전체를 보는 눈이 좋다고 생각했다.

당소문의 암기에 의지하려는 소무결의 선택은 그만큼 탁월했다.

음노가 자신들보다 먼저 당소문과 대치하고 있던 검은 인영을 쳐다봤다.

"잔영, 어떻게 할까?"

음노의 물음에 잔영이라 불린 사내가 고개를 저었다.

"뭐가 됐든 빨리하자고. 날이 밝으면 아무리 우리라도 눈치를 봐야 하니까."

"그게 그렇게 쉬운 일이……."

그러나 잔영은 다시 한 번 고개를 저어 음노의 말을 끊었다.

그리고는 음노에게서 시선을 떼며 수하들을 돌아봤다.

"불을 가져와라."

잔영의 목소리에 양노가 손뼉을 짝 하고 쳤다.

"그, 그렇지! 아예 불을 질러 버리면 석가장 놈들이 무슨 수로 버텨?"

양노가 소무결 등을 쳐다보며 씩 웃음을 보였다.

"요놈들아, 어디 한번 재주껏 버텨 보거라."

소무결이 당황한 얼굴을 했다. 그러나 이내 얼굴을 와락 구기며 소리쳤다.

"미, 미친! 그런 짓을 하면 당신들도 멀쩡하지 못해! 관이 두고만 보고 있을 것 같아?"

소무결의 말에 양노가 움찔하더니 저도 모르게 잔영을 쳐다봤다.

양노의 시선을 받은 잔영이 그를 대신해 소무결에게 대꾸했다.

"두고 보지만은 않겠지. 그런데 이거 어쩌나? 석가장은 관아에서 제법 멀리 떨어져 있는데. 불 질러서 석가장 놈들을 싸그리 죽여 버리는 게 먼저일까, 아니면 관군들이 도착하는 게 먼저일까? 내기라도 할까? 난 전자에 내 전 재산을 걸 수도 있는데."

난감한 얼굴을 하는 소무결을 대신해 백운설이 앙칼지게 소리쳤다.

"우리는 눈 뜬 장님이야? 우리가 그걸 보고만 있을 거 같아?"

그러나 잔영의 시선은 어느새 음양이로에게 향해 있었다.

"자네들 둘이 몇이나 잡을 수 있지?"

"응? 그건……."

양노가 잠깐 고민을 하는데 음노가 먼저 나서며 대꾸했다.

"셋."

보수적인 숫자였다.

양노가 마음에 들지 않는다는 얼굴로 무언가 말하려 입술을 달싹이는데, 그보다 먼저 잔영이 고개를 끄덕였다.

"그럼 내가 둘을 맡지. 그리고……."

잔영의 시선이 음양이로와 함께 온 검은 인영들 중 가장 체구가 큰, 자신과 같이 검은 복면으로 얼굴을 감춘 팽가한에게로 향했다.

"나머지 둘은 자네들이 잡아."

팽가한은 소무결 등을 쳐다보며 별다른 말이 없었다.

양노가 나서 팽가한을 대신했다.

"어려울 걸세. 보통 놈들이 아니야. 게다가……."

그 말에 팽가한이 얼굴을 와락 구기며 양노를 쏘아봤다.

"지금 무슨 말을 하는 거지? 감히 누구에게 하는 말이냐? 죽고 싶은 것이냐?"

제법 사나운 기세가 훅 뻗어 나오며 양노를 위협했다.

그러나 양노는 픽 웃으며 고개를 저었다.

"아서라, 이놈아. 네놈 가주가 온다 해도 눈 하나 깜빡하지 않는 나니까. 그러니 눈 깔아. 뽑아 버리기 전에."

"이, 이놈이!"

그러나 둘을 떼어 놓는 것은 자그마한 돌멩이 하나로 충분했다.

자그마한 돌멩이 하나가 둘 사이로 날아들더니 흙바닥에 폭 하고 파고들며 흐름을 끊었다.

모든 이의 시선이 일제히 돌멩이가 날아온 곳으로 향했다.

이내 소무결 등을 향해 고개를 까딱거리는 잔영의 모습이 그들의 시야에 들어왔다.

"일단 저것들부터 처리하고 싸우라고. 그 때는 말리지 않을 테니까. 그 고자 놈들 잔소리도 이제 지긋지긋해서."

잔영의 시선을 받은 소무결이 화들짝 놀라며 손사래를 쳤다.

"아니, 아니! 하던 것 계속하라고! 우리 지켜보기만 할 테니까!"

그 말에 잔영의 얼굴이 미세하게 꿈틀거렸다.

얼굴을 복면으로 가려 정확히 보이지는 않았지만 픽 하며 웃음을 보이는 듯했다.

운현이 한심하다는 듯이 소무결을 쳐다봤다.

"너는 진짜 이 상황에서도 그딴 말이 입에서 나오냐?"

"안 될까?"

"시끄럽고, 긴장 좀 하라고 자식아. 어떻게든 살아 나가려면."

소무결이 끙 하고 앓는 소리를 내더니 난감하다는 얼굴을 했다.

그리고 그 난감함은 높은 곳에서 상황을 주시하고 있던 당소문이 더했다.

어느새 뒤로 돌아가는 몇몇 검은 인영들.

눈앞의 적들만 상대하면 되는 소무결 등과는 달리 자신은 앞뒤로 달려드는 적들을 모조리 제어해야 했다.

그 어려움은 굳이 겪어 보지 않아도 한눈에 고스란히 보이는 듯했다.

어두운 눈으로 앞뒤를 번갈아 쳐다보며 상황을 살피는 당소문.

그런 당소문이 한순간 당황한 얼굴을 했다.

희끗희끗했지만 멀리서 급격하게 거리를 좁히는 두 개의 인영이 그의 시야에 정확하게 걸려든 것이다.

"이, 이런!"

움직임만 봐도 고수라는 것이 한눈에 보였다.

그의 몸짓으로 무언가 일이 벌어졌다는 것을 알아본 제갈연이 의문을 표시했다.

"왜? 왜?"

소무결 등의 시선이 일제히 당소문에게로 향했다.

그러나 당소문은 대꾸할 틈도 없다는 듯 양손 가득 암기를 움켜쥐더니 어느새 석가장의 담을 넘어서는 두 개의 인영을 향해 단숨에 떨쳐 냈다.

"물러서라!"

당가가 자랑하는 비기, 만천화우에 미치지는 못했지만 그 못지않게 암기가 촘촘히 들어차며 거대한 빛무리를 만들었다.

그리고 터져 나온 쩌렁쩌렁한 고함 소리.

"하지 마! 하지 마!"

그와 동시에 좀 더 덩치가 커 보이는 인영이 앞으로 나서는가 싶더니 당소문이 뻗어 낸 암기의 덩어리보다 더 강렬한 섬광을 뿜아냈다.

쩌쩌정!

직후 거센 충돌음과 함께 당소문이 떨쳐 낸 암기의 덩어리가 거대한 쇠뭉치가 갈라지듯 반토막이 나더니 이내 스르륵 힘없이 흩어져 내렸다.

그 광경을 고스란히 지켜본 소무결 등이 두 눈을 동그랗게 떴다.

"어?"

"뭐, 뭐야?"

"말도 안 돼! 대체 어떤 놈이!"

그러나 그 놀라움은 당사자인 당소문보다 크지 못했다.

당소문이 미처 반응할 틈도 없이 불쑥 튀어나오는 두 개의 인영.

입을 쩍 벌리고 있던 당소문이 그제야 흠칫하며 다시 손을 뻗으려는 순간.

이번에는 좀 더 덩치가 작은 인영이 당소문의 오른손을 어렵지 않게 낚아챘다.

"어? 이런!"

당소문이 한껏 당황한 얼굴을 했다.

그리고는 본능적으로 그나마 자유로운 나머지 한 손을 떨쳐 내려는 순간.

"나다."

조금은 딱딱하게 들리는 익숙한 목소리에 당소문이 멈칫했다.

그리고 그들을 가장 먼저 알아본 백운설이 반색을 하며 목소리를 높였다.

"명진아! 무한아!"

당소문이 눈을 동그랗게 떴다.

"너, 너희들이 어떻게⋯⋯?"

"이런 짓을 할 녀석이 한 놈밖에 더 있어? 너희들과 같은 이유지, 뭐."

철무한이 어깨를 들썩이며 당소문의 물음에 대꾸하고는 장내를 획 돌아봤다.

이내 다른 이들과 달리 얼굴을 가리지 않은 두 명의 노인들이 그의 시야에 들어왔다.

철무한이 확신이 서지 않는다는 얼굴로 명진을 쳐다봤다.

"······음양이로 맞지?"

"맞다."

명진이 고개를 끄덕이자 철무한이 눈을 빛냈다. 그러나 오래지 않아 그의 얼굴에 의아함이 깃들었다.

"근데 저 영감들 제법 고수 같았는데 어째 꼴이······."

그리 크지 않은 목소리였지만 음양이로 수준의 고수가 그것을 놓칠 리는 없었다.

양노의 얼굴이 순식간에 달아올랐다.

"건방진 자식! 당장 내려오지 못하겠느냐!"

그 모습을 물끄러미 지켜보고 있던 잔영이 음노에게 질문했다.

"저들이 누군지 아나?"

"명진. 철무한."

"호오. 저것들이?"

잔영이 호기심이 가득한 눈으로 철무한과 명진을 쳐다봤다.

그의 시선이 먼저 철무한에게로 향하고 이윽고 두 사람의 시선이 맞닿았을 때, 철무한이 픽 웃으며 목소리를 냈다.

"눈 깔아. 뽑아 버리기 전에."

"허……."

잔영이 어이가 없다는 얼굴로 헛웃음을 흘렸다.

그리고는 양노를 힐끔거리며 말했다.

"자네 말이 맞아. 건방진 놈이야."

잔영이 뒷짐을 풀며 한 걸음 앞으로 나섰다.

"내려와라."

그리고 그에 반응한 철무한이 훌쩍 몸을 날리려 할 때, 명진이 철무한의 어깨를 턱 짚었다.

"왜?"

"음양이로가 먼저다. 저것들은 꼭 죽이라고 했다."

"흐음……."

애매하다는 얼굴로 잠깐 고민을 하던 철무한은 이내 계산이 섰는지 히죽 웃으며 명진의 손길을 떨쳐 냈다.

"다 죽이면 되지. 그 자식도 그걸 더 원할걸?"

그리고는 명진이 뭐라 목소리를 내기도 전에 휙 몸을 날리는 철무한이었다.

툭 하는 자그마한 소리와 함께 바닥에 내려서는 순간, 소무결 등이 반가움이 가득한 얼굴로 철무한에게로 다가갔다.

"야, 이게 얼마만이야?"

"대체 어떻게 된 거야?"

"기아는 어디 있고?"

"어? 너 살도 빠진 것 같은데?"

여러 개의 질문이 시간차를 두지 않고 동시에 쏟아졌다.

철무한이 고개를 저었다.

"나중에 얘기하자. 일단 저것들부터 처리하고."

그리고는 자신을 확인하고는 심란한 얼굴을 하고 있는 막수광에게 말했다.

"아저씨, 뒤에서 칼질할 건 아니죠?"

막수광보다 먼저 소무결이 반응하며 움찔 몸을 떨었다.

그러나 자신의 입을 턱 막는 제갈연의 손길에 목소리를 내지는 못했다.

소무결이 의문이 가득한 얼굴로 눈을 동그랗게 뜨는 순간, 막수광이 한숨을 폭 내쉬며 고개를 저었다.

"그럴 일 없다. 네 탓이 아니라는 것을 아니까."

막수광의 대구에 철무한이 다행이라는 얼굴을 했다.

"그렇다니까요. 그냥 운이 없었던 거지, 우리 잘못이 아니……."

"되었다. 그보다 네 말대로 저들 먼저 처리해야 하지 않겠나? 만만치 않은 놈들이다."

그 때, 명진이 철무한의 옆으로 툭 내려서며 자신의 검을 뽑아 들었다.

"하나씩 잡자."

여전히 음양이로가 먼저라는 듯한 태도였다.

모용기의 말에 충실한 명진의 모습에 철무한이 쩝 하고 입맛을 다셨다.

그러나 철무한 역시 아무렇게나 늘어트리고 있던 구룡도를 고쳐 잡았다.

"흰 머리? 검은 머리? 어떤 늙은이로 할래?"

자신들은 안중에도 없다는 듯한 철무한과 명진의 태도.

양노가 기가 차기 이전에 부글부글 끓어오르는 속을 억지로 내리누르며 이를 갈았다.

"이 빌어먹을 자식들이 눈에 뵈는 게…… 어?"

양노가 말을 마치기도 전에 휙 몸을 날리는 명진.

그리고 휙 몸을 날리기 전에 그가 남긴 말이 상황을 정리했다.

"검은 머리."

순식간에 뒤엉키는 명진과 양노의 모습에 음노가 당황한 얼굴을 했다.

"이런!"

그러나 음노가 미처 끼어들 틈을 주지 않고 앞을 가로막는 철무한.

철무한이 구룡도를 겨누며 살기가 가득한 웃음을 흘렸다.

"할배는 나랑 놀자고."

명진의 검이 빙글빙글 원을 그렸다.

여느 무당의 제자가 그렇듯 섣불리 치고 들어오려 하지 않고 자신의 권을 밀어내려는 듯한 움직임.

평소의 양노였다면 단숨에 주먹을 떨쳤을 테지만, 지금은 그러지 못했다.

'무슨 놈의 태극이⋯⋯.'

명진의 태극이 무당의 그것과는 어울리지 않게 날카로운 예기를 품고 있다는 것을 한눈에 알아차린 것이다.

'이럴 때는 힘으로 부숴야 하는데⋯⋯.'

그러나 양노는 그 생각 역시 이내 접어야만 했다.

명진의 검을 가늘게 두르고 있는 검기.

눈에 보이지도 않을 정도로 희미한 검기였지만 그것이 의미하는 바는 명확했다.

'어떻게 된 놈들이 하나같이⋯⋯.'

작금의 강호에서 고수 소리를 들어야 그나마 내보일 수 있는 검기.

한데 이제 갓 강호에 발을 내디뎠다 해도 부족함이 없을 나이에 검기를 쓰는 녀석들이 무더기로 쏟아져 나왔다.

도무지 믿을 수 없는 상황의 연속이었다.

한데 문제는 그뿐만이 아니었다.

'제길! 검기 때문에 거리를 잡을 수가 없으니⋯⋯.'

권각법의 고수인 양노가 그답지 않게 자신의 거리를 잡지 못하고 정신없이 물러서는 이유.

바로 무식하게 힘만 앞세우던 막수광과는 달리, 검기와
더불어 정교한 초식까지 갖춘 명진의 무위 때문이었다.

양노는 본능적으로 심각한 위협을 느낄 수밖에 없었다.

철무한을 상대하는 음노의 상황 역시 마찬가지였다.

아니, 오히려 양노에 비해 상황이 더욱 좋지 못했다.

막수광에게 당한 상처가 아직도 미묘하게 균형을 무너트
리고 있었던 데다가, 그 탓에 온전히 피해 내지 못한 구룡
도가 몸에 닿을 때마다 용천도법 특유의 진기가 침투해 음
노의 내력 운용을 방해했던 것이다.

어찌어찌 명진의 검을 피해 내는 양노와는 달리, 철무한
의 구룡도가 움직일 때마다 여기저기 잘려진 음노의 옷깃
이 길게 흩날리며 펄럭였다. 그리고 철무한의 구룡도가 군
데군데 남긴 가는 실선을 따라 조금씩 핏물이 배어 나오기
시작했다.

두 눈을 동그랗게 뜨고 두 사람이 음양이로를 압도하는
모습을 지켜보던 운현이 소무결을 툭툭 쳤다.

"어? 왜? 왜?"

"저 녀석들 뭐야? 쟤네들 어디서 영약이라도 들이붓고
온 거 아냐?"

"영약은 무슨. 영약 들이붓는다고 저런 움직임이 나오지
않는다는 거 너도 잘 알잖아? 만약 그랬으면 무일이 자식은

벌써 천하제일 고수 소리를 들었어야 했다고."

"그, 그렇긴 한데…… 그래도 말이 안 되잖아, 말이. 봉마곡에서 개고생하고 나온 우리보다 앞선다는게 말이 되냐고?"

천영영이 운현의 말에 동의한다는 듯이 고개를 끄덕였다.

"내 말이. 저것들은 대체 무슨 짓을 하고 돌아다닌 거야? 대체 어떻게 이럴 수 있는 거지?"

자신들 셋이 동시에 달려들어야 그나마 우위를 점할 수 있었던 이가 바로 양노였다.

그런데 그런 양노를 단신으로 손쉽게 몰아붙이고 있는 명진이었으니, 도저히 이해할 수 없었던 것이다.

가만히 입을 다문 채 친구들의 말을 듣고 있던 제갈연이 문득 백운설을 쳐다봤다.

백운설은 두 눈을 동그랗게 뜨고 아예 정신을 놓은 얼굴이었다.

제갈연이 손뼉을 짝 하고 치며 주의를 환기시켰다.

백운설이 제갈연을 쳐다봤다.

"어? 왜?"

"정신 놓지 말라고. 저들이 어떻게 나올지 모르니까 정신 바짝 차리자고."

제갈연의 말에 백운설이 흠칫하며 잔영을 필두로 한 흑의

인영들을 노려봤다.

그리고 그것은 소무결 등도 마찬가지였다.

이전과는 달리 다시금 날이 서기 시작했다.

그 때 무슨 생각이 들었던지 소무결이 제 옆의 운현을 툭 쳤다.

"왜?"

"그러고 보니까 전에 명진 저 자식 따라잡겠다고 큰소리 뻥뻥 치지 않았어?"

소무결의 말에 운현이 얼굴을 와락 구겼다.

그러나 오래지 않아 어깨를 축 늘어트렸다.

"그때는 내가 철이 없었어."

"이거 너무 밀리는데……."

잔영이 곤란하다는 듯이 목소리를 냈다.

명진과 철무한의 등장으로 흐름이 바뀐 것이다.

잔영이 드러난 두 눈을 가늘게 뜨며 팽가한을 돌아봤다.

"별거 없다고 하지 않았나? 어디서 저런 녀석들이 튀어나온 것이지?"

그러나 영문을 모르는 것은 팽가한 역시 마찬가지였다.

오히려 잔영에게 물어보고 싶은 심정이었다.

'용봉관생들이 대체 왜? 석가장에 연이 있을 리는 없을 텐데…….'

당황한 눈을 한 채 아무런 대꾸를 하지 못하는 팽가한.

그 모습에 잔영이 쯧 하고 혀를 차더니 주위를 돌아봤다. 그러나 아무리 계산해 봐도 답이 나오지 않았다.

'월향 같은 고수가 하나만 있었어도…….'

성격이 문제였지 실력 하나만큼은 뛰어난 월향이 있었다면, 별다른 무리 없이 해결할 수 있었을 터.

그러나 당장은 더 이상의 지원을 기대할 수 없는 상황이었다.

결국 잔영이 고개를 저었다.

"아무래도 글렀군. 일단 물러서야겠어."

그 말에 팽가한이 번쩍 정신을 차렸다.

"무슨 소리지? 그럴 수는 없다."

단호하게 고개를 젓는 팽가한.

그러나 잔영은 이미 마음을 정한 뒤였다.

"물러설 거야."

"그럴 수는 없다고 했다."

필요 이상의 단호함에 의문을 느낀 잔영이 눈을 가늘게 떴다.

"내가 모르는 뭔가가 있나 보군. 말해 봐. 석가장에 뭐가 있지?"

핵심을 찌르는 질문에 팽가한의 눈빛이 짧게나마 흔들렸다.

자신의 실책을 알아차리고는 얼른 눈매를 다잡았지만, 이미 잔영이 무언가 낌새를 눈치 챈 후였다.

"말해. 그게 뭐지?"

팽가한이 고개를 저었다.

"그런 것 없다."

굳게 입을 다물어 버리는 팽가한을 못마땅하다는 눈으로 바라보던 잔영이 이내 고개를 젓고 말았다.

태도로 봐서는 더 다그쳐도 나올 것이 없어 보였던 것이다.

'아니지. 차라리 잘된 건가? 어차피 몸은 빼야 할 것 같으니……'

잠깐 생각을 정리한 잔영이 제 검을 뽑아 들며 걸음을 옮기기 시작했다.

팽가한이 잔영의 팔을 잡아채며 다급하게 질문했다.

"뭐, 뭘 하려고?"

잔영이 형편없이 밀리고 있는 음양이로를 향해 턱짓했다.

"그럼 그냥 내버려 두자고? 일단은 살리고 봐야지. 자네는 수하들이나 불러모아. 몸을 뺄 거니까."

"하, 하지만 안 된……"

"그럼 네놈이나 남든가. 이 손 치워. 난 가야겠으니까."

가볍게 팔을 털어 팽가한의 손을 떨쳐 내는 잔영이 다시 음양이로에게 시선을 돌리려는 찰나.

"크악!"

끔찍한 비명이 장내를 가득 메웠다.

모두의 시선이 비명의 진원지로 향했고, 이내 오른팔이 있던 자리를 움켜쥔 음노가 주춤주춤 뒤로 물러서는 모습이 그들의 시야에 들어왔다.

잘려 나간 오른팔이 바닥에 나뒹구는 모습도 함께.

직후 길쭉한 인영이 그림자처럼 따라붙는가 싶더니 철무한의 구룡도가 음노의 아랫배를 훑고 지나갔고, 이내 피분수가 뿜어져 나오며 오장육부가 쏟아져 내렸다.

더 이상 비명을 지를 힘도 남아 있지 않은 음노가 힘없이 무너져 내렸다.

눈앞에서 평생의 지기를 잃은 양노가 광분했다.

"이 빌어먹을 자식들아!"

양노가 명진을 향해 힘껏 일장을 쳐내며 훌쩍 몸을 날렸다.

그러나 명진의 검은 한 치의 틈도 허용하지 않았다.

명진의 검이 양노가 떨쳐 낸 일양장의 결을 따라 부드럽게 움직이는가 싶더니 한순간 번쩍하며 양노의 발목을 훑었다.

"악!"

허공에서 균형을 잃은 양노가 그대로 떨어져 내렸다.

쿵 하는 묵직한 소리가 채 가시기도 전, 번개같이 달라붙은 명진이 제 검으로 양노의 뒷덜미를 쿡 찍었다.

"컥!"

그리고는 힘없이 축 늘어지는 양노의 신형.

잔영이 당황한 얼굴을 했다.

"이, 이런!"

여유를 부린 것이 실수라 생각했다.

그러나 그것이 문제가 아니었다.

이제는 자신까지 위험해진 것이다.

음양이로가 무너져 내리는 짧은 시간 동안 판단이 선 잔영이 휙 몸을 날리며 크게 소리쳤다.

"물러서라!"

검은 인영들이 잔영의 목소리에 반응하며 일제히 몸을 날렸다.

여전히 미련을 버리지 못하던 팽가한 역시 조금 느리기는 했지만 곧 그들의 뒤를 따랐다.

의외의 상황에 조금 느리게 반응하는 소무결을 대신해 제갈연이 뾰족하게 목소리를 높였다.

"잡아!"

"어?"

"아, 맞다!"

소무결 등의 시선이 검은 인영들에게로 향하는 순간.

철무한이 그 앞을 가로막으며 그들을 막아섰다.

운현의 두 눈이 의문을 품었다.

"너 지금 뭐 하는……."

철무한이 뒤를 힐끔거리며 고개를 저었다.

"내버려 둬. 아직은 건드릴 때가 아니니까."

63 章

참룡
회귀록

斬龍回歸錄

석동이 불안에 떠는 식솔들을 휙 돌아봤다.

그리고는 저도 모르게 답답하다는 얼굴을 했다.

'손에서 검을 놓은 것이 잘못이었나?

오랜 시간을 고민한 끝에 내린 선택이었지만, 도리어 지금에 와선 후회가 됐다.

자신도 그렇지만 저들 중 몇몇은 산동에서 꽤나 이름이 알려진 이들이었기 때문이다.

눈앞의 적이 단순한 좀도둑이 아니라는 것은 어렵지 않게 알 수는 있었지만, 싸워 보기도 전에 불안에 떨 만한 이들은 아니었다.

'아니지. 싸워 볼 생각도 하지 않고 순순히 막가 녀석의

말을 따른 내가 저들을 탓할 자격은 없지.'

답답하다는 감정은 한순간에 사라지고 그 자리를 자괴감이 가득 메우기 시작했다.

석동이 한숨이 새어 나오려는 것을 억지로 참아 내고 있는데, 방문에 바짝 붙어 밖을 내다보고 있던 석대림이 갑자기 크게 당황한 듯한 목소리를 토해 냈다.

"어? 어?"

석대림의 목소리에 반사적으로 몸을 떨던 석동은 제 몸짓의 의미를 뒤늦게 자각하고는 결국에는 저도 모르게 깊은 한숨을 내쉬고 말았다.

그리고는 한순간 이를 빠드득 갈고는 눈을 빛냈다.

예전처럼은 아니라도 약간의 흥성이 되살아난 눈빛이었다.

"무슨 일이냐?"

"어? 어? 그, 그게……."

자신의 부름에도 여전히 방문 앞에 찰싹 달라붙어 있는 석대림.

무언가에 홀린 사람처럼 뒤도 돌아보지 않는 그를 쳐다보며 미간을 찌푸리던 석동이 결국 몸을 움직여 석대림에게로 다가갔다.

석동이 제 아들의 어깨를 턱 짚었다.

"대체 무슨 일이냐? 왜 이렇게 당황하는 것이야?"

"어? 그, 그게……."

석대림이 당황을 감추지 못하며 뒤돌아보는 순간.

"크아악!"

끔찍한 비명 소리가 뒤따랐다.

"이, 이런!"

잠깐 시선을 떼고 있던 석대림이 냉큼 방문 앞으로 다시 달라붙었다.

석동의 두 눈에 못마땅하다는 감정이 담겨졌다.

그리고는 그 감정을 내보이며 석대림의 뒷덜미를 낚아채려 손을 뻗으려는 순간.

석대림이 자리에서 벌떡 일어서며 소리쳤다.

"마, 말도 안 돼!"

그리고는 문을 박차고 밖으로 뛰쳐나가는 석대림.

"무결이 형! 운설이 누나!"

활짝 열려진 문으로 찬바람이 훅 들이쳤다.

석동이 저도 모르게 움찔 몸을 떨었다.

그러나 그것이 찬바람 때문이 아니라는 것을 누구보다도 잘 아는 석동이다.

애써 일으킨 투기가 짧은 순간 눈 녹듯 사라진 것이다.

석동이 다시 한 번 빠드득 이를 갈고는 투기를 일으켰다.

그리고는 형형히 빛나는 눈을 하며 외부로 시선을 돌리는 순간.

"어?"

자신의 예상과는 다른 모습에 저도 모르게 당황한 눈을 하고 마는 석동이었다.

음양이로의 시신을 앞에 두고 난감해하는 소무결 등을 대신해 석동이 나섰다.

강호를 횡보할 때의 흉성은 거의 사라졌지만 경험은 남아 있었기 때문이다.

어둠에 의지해 제법 거리가 떨어진 야산에 음양이로의 시신을 묻어 버리려 땅을 파는 석가장의 식솔들을 물끄러미 쳐다보던 소무결이 문득 제 옆의 철무한을 쳐다봤다.

급한 일을 해결하자 다른 것이 떠오른 것이다.

"그런데 너, 대체 어떻게 된 거야?"

"아 그거? 아까 소문이한테 말했는데. 기아 녀석이 알려 준 거라고."

그러나 소무결은 고개를 저었다.

"아니 그거 말고 무공 말이야, 무공. 명진이 자식은 그렇다 쳐도 넌 봉마곡을 나설 때만 해도 우리랑 별 차이 없었잖아? 갑자기 어떻게……"

"아, 그거?"

"그래, 그거."

소무결이 냉큼 고개를 끄덕였다.

제갈연 등도 호기심이 가득한 얼굴로 철무한을 쳐다봤다.

　모든 이의 시선이 몰려들자 철무한이 머쓱한 얼굴을 하다가, 한순간 얼굴을 와락 구겼다.

　"어떻게 되긴 뭐가 어떻게 돼? 개고생했지. 순진하게 기아 자식 말 듣고 움직였다가 개고생했다고."

　"개고생?"

　"그렇다니까. 젠장! 하루하루가 전쟁이었다고. 싸우고, 죽이고, 도망 다니고…… 진짜 말도 안 나올 정도였다니까? 나 살 빠진 거 안 보여?"

　확실히 살이 많이 빠졌다. 예전에는 곰처럼 우람한 체구를 자랑했었는데, 이제는 마치 고목나무를 연상하게 할 만큼 살이 빠져서 자칫하면 몰라볼 정도였다.

　"이게 뭐야? 뼈만 남아 가지고…… 이래서는 여자들이 쳐다보지도 않게 생겼다고."

　철무한이 불만스럽다는 얼굴로 툴툴거리는데, 제갈연은 오히려 눈을 반짝였다.

　"더 멋있어졌어…… 어마!"

　옆구리를 쿡 찌르는 손길에 제갈연이 화들짝 놀라며 운현을 돌아봤다.

　운현이 고개를 저었다.

　"그러지 마. 기아 자식 진짜 화낸다고."

제갈연이 난처한 얼굴을 하다가 이내 고개를 저었다.

"난 그냥 말한 것뿐이라고. 그보다 넌 영영이나 신경 쓰는 게 어때? 영영이 입에서 침 떨어지겠다."

"응?"

운현이 천영영을 돌아봤다.

철무한에게 시선을 고정시킨 채 입을 헤벌리고 있던 천영영이 흠칫하며 시선을 돌렸다.

"영영이 너……."

운현이 미간을 좁히는 순간, 소무결이 그 사이로 끼어들며 주의가 흐트러지려는 것을 다시금 바로잡았다.

"장난은 그만하고. 진짜 어떻게 된 일이야? 그냥 싸우기만 했는데 무공이 그렇게 강해진다고? 그게 말이나 돼?"

"그냥 싸운 게 아니라니까? 진짜 죽을 뻔했다고. 그것도 한두 번이 아니라 숱하게."

"그건 우리도 마찬가지거든? 우리도 봉마곡에서 할매, 할배들한테……."

소무결이 자신들이 겪은 일을 예로 들며 항변하려 했다.

그러나 철무한이 고개를 저으며 소무결의 말을 끊었다.

"할매, 할배들이 진짜 죽이려 하진 않지. 어쩌다 그런 일이 진짜로 벌어지려 한다 해도 다른 할매, 할배들이 내버려 두지 않잖아. 근데 우린 진짜 죽을 뻔했다니까? 살려고 별짓을 다 하다 보니까 이렇게 되더라고."

철무한의 말에도 소무결 등은 여전히 납득이 가지 않는다는 얼굴이었다.

그리고 그 심정은 철무한 역시 충분히 이해할 수 있었다.

자신도 직접 경험해 보지 못했다면 그 차이를 절대로 알아챌 수 없었을 것이라 생각했기 때문이다.

이건 이해가 아닌 경험의 범주였다.

그래서 재차 의문을 표하려는 소무결의 입을 손을 저어 틀어막았다.

"더 말해 봐야 몰라. 나중에 직접 경험해 보면 내 말이 무슨 뜻인지 자연히 알게 될 테니까 일단은 그냥 참아."

철무한이 더 말해 줄 생각이 없다는 것을 알아챈 소무결이 불만스럽다는 얼굴을 했다.

그러나 철무한의 말에서 다른 것을 읽은 제갈연이 눈을 동그랗게 떴다.

"나중에 경험한다니? 그게 무슨 말이에요?"

자신이 놓친 것을 짚어 주는 제갈연의 말에 천영영이 손뼉을 짝 하고 쳤다.

"어? 그러네? 그게 대체 무슨 말이야? 우리도 그거 하는 거야?"

"그럼 안 하려고 했어? 너희들도 강해지고 싶은 거 아냐? 꼭 그게 아니라도 어차피 하게 될 테니까 그렇게 부러워할 것 없어."

여전히 의미를 알기 어려운 말의 연속이었다.

제갈연이 재차 의문을 표하려는데, 이번에도 철무한이 한발 앞서 고개를 저으며 제갈연의 입조차 틀어막았다.

"나중이 되면 자연스럽게 알게 될 테니까 그렇게 궁금해할 필요 없다고. 그보다 마음의 준비나 단단히 해 두는 게 좋을걸? 대충 하다가는 진짜 죽을지도 모르니까."

철무한의 심각한 얼굴에서 무언가를 느낀 운현이 마른침을 꼴깍 삼키며 질문했다.

"그렇게나 힘들었어?"

"그렇다니까? 그냥 하는 말이 아니라 진짜 죽는다고. 그러니까 미리 마음의 준비를……"

힘들었던 일이 떠오르자 얼굴이 더 딱딱해지는 철무한이었다.

운현이 한쪽에서 석가장의 식솔들이 움직이는 것을 묵묵히 쳐다보고 있는 명진을 힐끔 쳐다보고는 철무한에게 다시 질문했다.

"그럼 언제부터 시작하는데? 힘들다고 해도 강해지는 거라면 뭐……"

운현의 말에 철무한이 헐 하고 헛웃음을 흘렸다.

그러나 잠깐 시간을 두자 운현의 행동이 이해되기는 했다.

자신 역시 운현과 별다를 바 없었다는 것이 떠오른 것이다.

겪어 봐야 아는 것이다.

철무한이 잠시 입을 다물자, 조급한 마음이 드는지 운현이 재차 재촉했다.

"그래서? 언제부터 하는데? 난 빨리 하고 싶은데."

비단 운현만이 아니었다. 말은 하지 않았지만 소무결 등도 운현과 비슷한 얼굴이었다. 아닌 척하면서도 다들 무공에 대한 욕심이 있는 것이다.

그러나 철무한은 고개를 저었다.

"그걸 내가 어떻게 알아? 나중에 기아 자식 돌아오면 그때 물어봐. 그 자식이 제일 잘 알 테니까."

철무한의 입에서 다시 한 번 모용기가 언급되자 기회만 보고 있던 백운설이 이번에는 놓치지 않고 제 의문을 표했다.

"그런데 기아는 어디 있어? 너희들이랑 같이 갔잖아? 왜 안 보이는 거야? 같이 있는 거 아니었어?"

제갈연 역시 뒤늦게 떠올랐다는 듯이 손뼉을 짝 하고 쳤다.

"아, 맞다! 모용 공자는요? 같이 움직인 것 아니었어요?"

소무결 등 역시 마찬가지였다.

눈앞에 닥친 일에 잠시 망각하고 있던 것이 다시금 떠오르자 이전보다 더한 호기심이 깃든 눈빛들이었다.

철무한이 픽 웃음을 보였다.

"왜? 이제까지 물어보지도 않더니? 이제 궁금해진 거야?"

그리고는 제갈연과 백운설을 애매하다는 눈으로 번갈아 쳐다봤다.

백운설이 제 얼굴을 손으로 짚었다.

"왜? 우리 얼굴에 뭐 묻었어?"

"아니, 그건 아니고."

"그럼 뭔데? 왜 그런 눈으로 쳐다봐?"

"부러워서 그런다. 너희들만 해도 말도 안 되게 예쁜데 담 소저까지…… 그 자식은 전생에 나라를 구했나? 어떻게 하나같이 미녀들만 엮여서는."

철무한이 진심으로 부럽다는 얼굴을 했다.

이제는 절정에 달한 미모가 눈앞을 어지럽게 만들었기 때문이다.

그 노골적인 눈빛에 백운설과 함께 얼굴을 붉히던 제갈 연이 문득 고개를 갸웃거렸다.

"담 소저라고요? 그게 누구죠?"

제갈연의 의문에 백운설 역시 흠칫 몸을 떨더니 낯빛을 고치며 철무한을 똑바로 쳐다봤다.

아름다운 네 개의 눈동자가 자신에게 향했지만 기분이 좋다기보다는 한숨이 먼저인 철무한이었다. 그 눈동자들이 쳐다보고 있는 것은 자신이 아니라는 것을 잘 알기 때문이다.

그러나 제 것이 아닌 것에 미련을 두지 않는 철무한이다.

철무한이 잡념을 털어 버리려는 듯 짧게 고개를 저었다.

그리고는 이내 장난스런 얼굴로 다시 백운설과 제갈연을 번갈아 쳐다봤다.

"있어, 예쁜 여자. 너희들도 긴장하는 게 좋을걸? 아플 때도 말도 안 되게 예뻤는데 지금쯤이면 다 회복되었을 테니까 어쩌면 너희들보다 더 예쁠지도 모른다고."

심장이 덜컥하는 느낌.

제갈연과 백운설이 처음으로 같은 심정으로 서로를 쳐다봤다.

눈을 뜨기가 무섭게 거처를 빠져나와 몸을 풀기 시작하던 천호는 오늘따라 유난히 산만하게 느껴지는 궁의 분위기에 고개를 갸웃거렸다.

몇몇 내관들이 바닥을 비질하는 것 외에는 한산했던 평소의 분위기와는 달리 이른 아침부터 오고 가는 사람들이 제법 많았기 때문이다.

궁에 들어오고 나서 처음으로 보는 부산스러운 모습에 천호가 고개를 갸웃거렸다.

'대체 무슨 일이지? 어디 전쟁이라도 났나?'

호기심이 가득했지만 어디 물어볼 곳이 없다는 것이 문제였다.

원래부터 궁에 있던 이들은 함부로 말을 붙이기가 어려웠고, 자신과 같이 궁에 들어온 다른 넷은 천호와는 말조차 섞으려 들지 않았기 때문이다.

호기심은 가득했지만 그것을 풀기는 쉽지 않은 상황.

선택의 여지가 없다.

가만히 한숨을 내쉰 천호는 가볍게 고개를 젓는 것으로 제 의문을 털어 냈다.

호기심을 가질수록 자신만 손해였던 게다.

이내 밤새 굳어진 근육을 풀어내려 천천히 몸을 움직이던 그.

"응?"

한데 한순간 움찔 몸을 떨며 천호가 문득 시선을 들었다.

그리고는 고개를 휙휙 돌려 주위를 살피며 무언가를 급히 찾았다.

"내가 잘못 알았나?"

찰나였지만 어딘가에서 바라보는 시선이 느껴졌던 것이다. 하여 연신 고개를 돌리며 자신의 감각에 걸려든 것을 찾으려 했지만 그의 시야에 걸리는 것은 없었다.

고개를 갸웃거리던 천호는 다시 한 번 시선을 돌리며 이번에는 찬찬히 주위를 살폈다.

그러나 이번에도 그의 시선에는 아무것도 걸려들지 않았다.

"내가 잘못 알았나 보군."

두 번이나 주위를 살폈음에도 걸려드는 것이 없다면 자신이 잘못 느낀 것이 틀림없었다.

어디 새 따위가 지나가다 흘린 기척이라 생각하며 마음을 편하게 가졌다.

그리고는 하던 것을 이어 가려 다시 몸을 움직이기 시작했다.

그러나 천호의 기감은 틀린 것이 아니었다.

멀리 보이지도 않을 높은 곳에서 천호의 움직임을 주시하고 있는 하나의 시선,

곽자철과 대면했던 그 청년이 천호의 움직임을 보며 아쉽다는 얼굴을 했다.

"모용가의 그 녀석 다음으로 선택하려 했더니, 역시 안 되겠군,"

청년이 아쉽다는 얼굴로 입맛을 다셨다.

그리고는 익숙한 황궁의 전경을 휙 돌아보더니 고개를 갸웃거렸다.

"무슨 일이라도 있나? 부산스러운데?"

잠시 호기심을 드러내는 청년.

그러나 이내 고개를 저으며 호기심을 끊어 냈다.

"아니지, 아니지. 내가 신경 쓸 일이 아니지."

그보다 자신이 일이 더 급한 청년이었다.

"모용가의 그 꼬맹이가 내 기대에 부응하면 좋으련만."

가장 이상적인 상황이다.

그러나 현실과 이상은 괴리가 컸다.

훗날을 미리 대비할 필요가 있었다.

"남쪽은 다 돌아봤으니 이번엔 북쪽으로 가 봐야겠군."

청년의 시선이 북으로 향했다.

왕진이 들어서는 것을 물끄러미 쳐다보고 있던 왕식이 한순간 얼굴을 찌푸렸다.

훅 몰아치듯 술 냄새가 왕식을 덮친 탓이었다.

"많이도 마셨구나."

못마땅하다는 기색이 담긴 왕식의 목소리에 왕진이 움찔 몸을 떨었다.

그리고는 예를 갖추려던 것도 잊고 머리를 조아렸다.

"죄, 죄송……."

"되었다. 술 좀 마실 수도 있는 게지. 일단 이리 와서 앉아 보거라."

한껏 긴장했던 것과는 달리 그리 질책하는 기색이 아니었다.

그러나 왕진은 긴장을 풀지 않고 우물쭈물하는 얼굴이었다.

왕식이 재차 말했다.

"뭐 하고 있는 게냐? 이리 와서 앉으라 하지 않았느냐?"

"예? 예!"

왕진이 후다닥 왕식의 앞으로 자리를 잡았다.

여전히 불편한 얼굴로 안절부절못하는 기색의 왕진.

왕식은 그 모습이 못마땅한지 쯧 하고 혀를 차더니, 이내 고개를 절레절레 저으며 손수 차를 따랐다.

"제, 제가……."

"되었다. 이 정도는 나도 할 수 있다."

그리고는 고소한 향이 올라오는 차를 왕진의 앞으로 내밀었다.

"마시거라. 숙취에 제법 도움이 될 게다."

"감사합니다."

왕진은 처음에는 주저하는가 싶더니 이내 잔을 들어 차를 홀짝이기 시작했다.

왕식의 말대로 뒤집어진 속을 달래는 데 효과가 있었는지 처음과는 달리 제법 편안해진 얼굴이었다.

왕진을 물끄러미 쳐다보고 있던 왕식은 그가 찻잔을 다비워 갈 때쯤 비로소 입을 열었다.

"어떻게 된 일인지 사정은 이미 들었다."

왕식의 목소리에 조금은 풀어지려던 왕진의 얼굴이 다시금 딱딱하게 굳어갔다.

왕진이 변명이라도 해 보려 재빨리 입을 열었다.

"그, 그게⋯⋯."

그러나 왕식은 고개를 저어 그의 말을 끊었다.

"내 말부터 듣거라."

그리고는 왕진이 뭐라 말할 틈도 주지 않고 제 말을 이어 갔다.

"내 허락 없이 음양이로를 데려갔다고? 그럴 수도 있다. 제법 고수가 있었으니 일을 실패할 수도 있는 것 역시 마찬가지. 그 와중에 음양이로가 죽는 것도 있을 수 있는 일이지. 하지만⋯⋯."

이제껏 담담한 얼굴을 말을 쏟아 내던 왕식이 한순간 눈을 빛냈다.

왕식이 말을 쏟아 낼수록 점점 더 위축되어 가던 왕진이 몸을 움찔 떤 것은 그 순간이었다.

한껏 고조된 긴장감으로 눈동자가 흔들리는 왕진과 시선을 맞추는 왕식.

그리고는 지금까지와는 다르게 딱딱한 얼굴로 입을 열었다.

"일을 실패한 것이 문제다. 너는 내게 결과물을 가지고 오지 못했다. 이 일을 어떻게 책임질 것이냐?"

"그, 그건……."

왕식이 내준 차를 마시며 어렵사리 제 빛을 찾아가던 왕진의 얼굴이 순식간에 하얗게 질려 버렸다.

책임이란 말의 무게를 알고 있었기 때문이다.

"그럼 이번에도 아무 일 없었다는 듯 넘어갈 생각이었느냐? 그럴 수는 없다. 보는 눈이 많으니까. 아무리 내 아들이라도 몇 번이나 실패를 묵인한다면 분명 시끄러워질 터."

왕식의 말이 사형 선고라도 되는 듯 왕진은 눈앞이 깜깜해지는 듯했다.

그리고는 저도 모르게 두 눈을 질끈 감았다.

왕식은 그런 왕진을 못 본 체 제 말을 이어 갔다.

"합당한 처벌이 뭐가 있을까? 태형? 근신? 유배? 유배는 형량이 맞지 않나? 이거 고민 좀 해 봐야겠구나. 아무래도 시간이 좀 오래 걸릴 것 같은데……."

뒷말을 흐리는 왕식의 모습에 감았던 눈을 슬며시 뜨며 왕진이 상황을 살폈다.

처음에야 밀려드는 두려움에 인식하지 못했지만, 그의 말을 듣다 보니 이상했던 게다.

그런 왕진의 모습을 보며 왕식이 픽 웃음을 보였다.

"원래 늙으면 생각이 많아서 결정이 느려지는 법이지. 너는 그 시간을 활용해 보거라. 내 말 무슨 뜻인지 알아듣겠느냐?"

왕진이 자리에서 벌떡 일어섰다.

그리고는 환한 얼굴로 고개를 숙였다.

"감사합니다! 감사합니다, 아버님! 반드시 수습하겠습니다!"

왕진의 감사를 받으며 왕식이 고개를 끄덕였다.

그러나 마지막 말을 덧붙이는 것을 잊지 않았다.

"어쩌면 내가 네게 줄 수 있는 마지막 기회일지도 모른다. 그러니 이번에는 반드시 결과물이 있어야 할 것이다."

"명심하겠습니다."

다시 한 번 허리를 깊숙이 숙이는 왕진.

할 말을 다 마친 왕식이 손을 내저었다.

"그만 나가 보거라."

"알겠습니다. 그럼 또……."

왕진의 발걸음에 들어올 때와는 달리 힘이 붙었다.

그의 기분을 드러내기라도 하듯 경쾌한 걸음걸이로 집무실을 나서는 왕진.

그 뒷모습을 물끄러미 쳐다보고 있던 왕식은 그가 완전히 모습을 감추자 나직이 한숨을 내쉬었다.

"이 나이에 애를 돌보게 될 줄이야."

잠시 씁쓸한 얼굴을 하던 왕식이 이내 고개를 저었다.

그리고 그 순간 들려오는 낮은 음성.

"제독께서 도련님을 많이 아끼시나 봅니다. 아직까지

포기하지 않는 것을 보니."

왕식은 고개도 돌리지 않고 대꾸했다.

"대안이 없지 않나? 다른 놈들은 하나같이 마음에 차지 않으니. 그나마 그중에는 저놈이 제일 나아."

왕식의 말에 소리 없이 왕식의 뒤를 차지하고 있던 예의 그 흑의인이 고개를 끄덕였다.

그러나 납득할 수 없는 점이 분명 존재했다.

"그렇기는 합니다만, 그럼 차라리 조고를 떼어 놓는 것이 어떻습니까?"

"조고를?"

"그렇습니다. 제독께서 하신 말씀이 있어 유심히 지켜봤더니 하는 짓이 꽤…… 아무래도 제독과 도련님 사이를 벌리려 하는 것 같아서 말입니다. 도련님을 흔들어 보려 수를 쓰는 것 같았습니다."

왕식이 픽 웃으며 고개를 끄덕였다. 짐작하고 있었던 일이기 때문이다.

"그럴 테지. 제 놈이 살아날 방안은 그것밖에 없을 테니까."

"그럼 제가 나서서……."

"아니, 아니. 그냥 내버려 둬. 하고 싶은 대로 하게 내버려 두고 눈길만 거두지 말게. 그거면 돼."

의미를 알 수 없는 말들만 쏟아 내는 왕식이었다.

그러나 왕식은 더 설명해 줄 마음이 없는지 말을 돌렸다.

"그보다 갔던 일은 어찌 되었나? 좀 알아봤나?"

왕식의 질문에 흑의인이 얼른 상념을 날리며 대꾸했다.

"그렇습니다. 예상대로 곽 장군이 찾은 것은 그분이더군요."

"자네 눈으로 확인했나?"

"그건 아닙니다. 그분께는 가까이 접근하기가 어려워서…… 그렇지만 곽 장군의 흔적이 그분께 이어져 있었습니다. 확실하다고 생각합니다."

"흐음……."

왕식이 잠깐 고민에 빠졌다. 자칫 잘못하면 한순간에 대세가 변할 수도 있기 때문이다.

그러나 이내 고개를 젓고 말았다.

"곽자철을 만나고도 움직이지 않는다는 것은 여전히 거리를 두겠다는 뜻이겠지. 걱정하지 않아도 되겠군."

"그렇습니까?"

"그래. 그쪽은 신경 쓰지 않아도 되겠어. 그보다 한림원이랬나? 곽자철을 움직인 곳 말이다."

"그렇습니다."

"그쪽을 물갈이해야겠군. 가만히 있는 인간을 괜히 들쑤셔서 괜히 신경 쓰이게 하니, 원. 거기 있는 놈들 뒤 좀 캐보게. 적당한 것 몇 개만 가져오도록."

"알겠습니다."

흑의인이 고개를 끄덕였다.

그러나 여전히 자리를 뜨지 않았다.

왕식이 그를 돌아봤다.

"왜? 더 할 말이 남았나?"

"곽 장군은…… 어떻게 할까요?"

문관 몇 잡는다고 일이 완전히 해결되지 않는다. 뿌리를 뽑아내야 했다.

그러나 왕식은 고개를 저었다.

"내버려 둬. 곽자철 그놈은 문제가 아니지만, 그분이 어떻게 나올지 모르니까. 곽자철을 흔들어 대는 놈들만 정리하는 수준에서 끝내도록 하지."

"알겠습니다. 그럼 전 이만……."

처음 나타났을 때처럼 소리 없이 사라지는 흑의인.

그가 사라진 자리를 물끄러미 쳐다보던 왕식이 문득 얼굴을 찌푸렸다.

"대장군을 처리하고 싶은데 그럴 방법이 없으니원……."

팽가에서도 황궁에서와 비슷한 일이 벌어졌다.

다른 점이 있다면 팽가한은 왕진과 달리 술을 먹지 않고 무릎을 꿇고 있다는 것과 팽도극은 왕식보다 더 딱딱한 얼굴로 팽가한을 내려다보고 있다는 점이었다.

팽도극이 검지로 탁자를 톡톡 두드리며 목소리를 냈다.

"곤란해, 곤란해. 일을 실패해서는 안 되는 것을……."

진심으로 마음에 들지 않는다는 투의 목소리.

그러나 팽가한은 변명조차 하지 않고 가만히 고개만 숙이고 있었다.

그렇게 한 시진 동안 이어진 지루한 기다림을 인내한 끝에 팽도극이 비로소 그를 찾았다.

"그 정도면 되었다. 이제 그만 일어서거라."

두 번 말하는 것을 싫어하는 팽도극이다. 팽가한이 냉큼 고개를 끄덕이며 자리에서 일어섰다.

"감사합니다."

다리가 저릿저릿했지만 팽가한은 이를 악물고 흐트러진 태도를 보이지 않았다.

그 때까지 팽가한의 모습을 지켜보고 있던 팽도극이 조금은 누그러진 태도로 제 아들을 향해 손짓했다.

"이리 와서 앉거라."

이번에도 제 아비의 말을 착실하게 따르는 팽가한.

이 정도면 충분하다 싶었던 팽도극이 고개를 끄덕이며 그제야 의문을 쏟아 내기 시작했다.

"그 아이들이 검기를 쓴다고?"

"그렇습니다."

"한둘도 아니고 전부 다?"

"제가 다 본 것은 아니지만 정황상 그럴 것 같았습니다. 십중팔구는 그럴 것입니다."

"무당의 명진과 패천성의 철무한은 음양이로를 잡을 정도로 고수였고?"

"그렇습니다."

"그리고 그놈들은 정무맹으로 향하고 있다고?"

"확실합니다."

잠깐 못마땅한 것은 있었지만 기본적으로 팽가한의 말을 신뢰하는 팽도극이었다.

그의 말에 의문을 품지 않은 팽도극이 미간을 찌푸렸다.

적어도 팽가 전력의 절반은 움직여야 잡을 수 있다 생각했기 때문이다.

"곤란하군. 우리가 움직이면 강호에서 주시할 테고, 그렇다고 궁에 지원을 요청하기에는 시간이 여의치 않으니……."

이렇다 할 것이 딱히 떠오르지 않았다.

팽도극이 심각한 얼굴로 고민을 하고 있는데 팽가한이 조심스럽게 입을 떼기 시작했다.

"이렇게 하는 것이 어떻겠습니까?"

"어떻게 말이냐?"

"제가 보기에는 철무한이라는 놈 역시 개봉으로 함께 움직이는 것 같았습니다. 이 부분을 이용해서 아예 일을 크게 만드는 것입니다."

"일을 크게 만든다?"

잠깐 제 아들의 말을 되짚으며 머리를 굴리던 팽도극이 한순간 탁자를 탕 하고 쳤다.

"그러면 되겠구나. 좋은 생각이다."

그러나 그것이 전부가 아니다. 몇 가지 해결해야 할 부분이 남아 있었다.

"그런데 궁에서 우리 말을 들어줄까? 아무래도 쉽지 않을 것 같은데……."

"왕진도 급할 것입니다. 몇 번이나 실패를 거듭한 그이니 무작정 거절할 수는 없을 것입니다."

"그렇긴 하지. 그럼 네가 직접 궁에 가 보도록 하거라. 애초에 우리가 요청한 일이기도 했고 아무래도 격이란 것이 있으니 아무나 보낼 수는 없는 노릇이니까."

"알겠습니다."

한 가지 일은 정리가 됐다.

그러나 또 한 가지 일이 남아 있었다.

이번에는 조금 더 곤란하다 생각했다.

팽가한이 이전보다 더 조심스런 얼굴로 목소리를 냈다.

"저…… 아버님."

"왜 그러느냐?"

"그게…… 오호단문도가……."

둘밖에 없는 공간이었지만 누가 들을세라 극도로 목소리를 낮추는 팽가한.

흐릿하게 들리는 짧은 단어로도 그가 말하고자 하는 바를 어렵지 않게 알아들은 팽도극이 단호하게 대꾸했다.

"찾아와야지."

"하지만 석가 놈들이……."

그 일이 있고 난 후 석가장의 식솔들이 산동에서 자취를 감춰 버렸다.

제법 많은 수를 투입했지만 아직까지도 소식이 없는 것을 보면 이후로도 흔적을 잡기가 어려울 것이다.

그러나 팽도극은 곤란하다는 얼굴의 팽가한과는 달리 픽 웃음을 흘렸다.

"그 아들놈이 그놈들과 함께 움직이고 있다면서?"

"그렇긴 합니다만……."

"그놈이 가지고 있을 것이다. 그놈을 잡으면 된다."

팽도극의 말에는 한 치의 흔들림도 없어 보였다.

팽가한이 고개를 갸웃거렸다.

"어떻게 그렇게 확신하십니까? 제가 석가장주라면 오호단문도 같은 신물을……."

팽도극이 고개를 저어 팽가한의 말을 끊었다.

"너도 아이를 키우다 보면 알게 될 것이다. 그러니 그놈을 잡도록 해라."

팽가한은 여전히 이해할 수 없다는 듯이 고개를 갸웃거렸다.

그러나 팽도극은 더 설명해 줄 마음이 없었다. 어차피 시간이 해결해 줄 문제였기 때문이다.

"그건 되었고…… 그보다 서두르도록 하거라. 철가 놈이 개봉에 있을 때 일을 끝내야 하니까 말이다. 지체할 시간이 없다."

"알겠습니다. 그럼 바로 출발하도록 하겠습니다."

한참이나 길을 걷다가 잠깐 쉬는 틈에 명진을 돌아본 소무결이 한숨을 푹 내쉬었다.

"또?"

질리지도 않는지 틈만 나면 검을 닦는 명진.

뽑아 들기만 해도 반짝반짝 광택이 나는 게 더 닦을 것도 없어 보였지만, 명진은 필요 이상으로 공을 들이고 있었다.

"그만 좀 해, 자식아. 그러다 싸우다 닳는 게 아니라 닦다가 닳겠다."

소무결이 얼굴을 찌푸리며 타박했다.

그러나 명진은 들은 체도 하지 않았다.

저답지 않게 입꼬리가 치켜 올라가서는 어딘가 모르게 뿌듯한 얼굴이었다.

운현이 어깨를 들썩이며 소무결에게 말했다.

"내버려 둬. 쟤가 어디 가서 저런 명검을 만져 봤겠어? 딱 봐도 예기가 좔좔 흐르는 게 아낄 만도 하지."

"그래도 너무 심하잖아. 한두 번도 아니고 매번……."

"심하긴 무슨. 너 타구봉 받았을 때 생각해 봐. 물고 빨고 난리를 쳤잖아. 네가 얘보다 더하면 더했지 덜하진 않았어."

운현의 말에 소무결이 끙 하고 앓는 소리를 내며 입을 다물었다.

더는 할 말이 없어진 탓이다.

그러나 여전히 못마땅함은 남았는지 찌푸려진 눈으로 명진을 쳐다보고 있는데, 그 때 명진이 시선을 들었다.

"끝났나?"

명진의 질문에 구룡도를 어깨에 척 걸머진 채 털레털레 걸어오던 철무한이 고개를 끄덕였다.

"그래. 이제 네 차례야."

철무한이 바닥에 털썩 주저앉아 나무에 등을 기대자 이번에는 명진이 자리에서 일어섰다.

그리고는 바닥에 늘어져서 헉헉거리며 거칠게 숨을 몰아 쉬고 있는 석대림에게 다가갔다.

더는 힘이 없다는 듯이 무방비 상태로 늘어져 있던 석대림은 명진이 다가오자 불안한 눈으로 움찔 몸을 떨었다.

그러나 명진은 예외가 없었다.

"일어나라."

사정을 두지 않는 명진의 말에 석대림이 울상을 했다.

"혀, 형님! 저 이제 막 누워서……."

"일어나라고 했다."

"아, 아니, 그게 아니고……."

석대림은 여전히 항변할 것이 많다는 얼굴이었다.

그러나 명진은 그것을 다 들어줄 생각이 없다는 듯 쉭 하고 검을 뻗어 냈다.

"으헉!"

석대림이 기겁을 하며 펄떡 튀어 올랐다.

"혀, 형님! 갑자기 이러시면……!"

그러나 이번에도 말보다 검이 앞서는 명진이었다.

쉭쉭 뻗어 나오며 소름끼치도록 서늘한 예기를 흘리는 명진의 검.

석대림은 더 이상 입을 열 틈도 없이 필사적으로 명진의 검을 피해 다니기 시작했다.

운현이 쯧 하고 혀를 찼다.

"독한 놈들. 그래도 쉴 시간은 줘야……."

철무한이 고개를 저었다.

"저게 제일 나아. 아무 생각도 못 하고 죽어라 움직이는 게. 너희들도 봉마곡에서 경험해 봐서 잘 알잖아."

"그렇기는 한데…… 아직 애잖아. 쟤 이제 열다섯이라고. 애한테 너무 심한 거 아냐?"

"심하긴 무슨. 우리도 봉마곡 들어갔을 때 열아홉이었어. 그거나 그거나지."

"그게 어떻게 그거나 그거나야? 우린 거의 다 컸었고 대림이는 아직 한참이나 더 커야 되는데. 저러다 몸 상한다고."

그 때 소무결이 시끄럽다는 듯이 손을 휘휘 저었다.

"그냥 내버려 둬. 명진이나 무한이 이 자식이 어련히 알아서 할까? 무공도 약한 게 입만 살아서는."

"뭐라고? 이 거지새끼, 그걸 지금 말이라고!"

"왜? 아냐? 네가 쟤들보다 강해?"

발끈하던 운현이 정곡을 찔리자 헙 하고 입을 다물었다. 그리고는 무언가 억울하다는 눈을 했다.

"제길…… 봉마곡에서 나도 개고생했는데……."

소무결이 픽 웃음을 보이고는 철무한에게 시선을 틀었다.

"근데……."

"뭐?"

"대림이 말이야. 너희들 어째 대림이 엄청 챙기는 것 같다?"

"아, 그거?"

"그래, 그거."

"있어, 그런 게. 넌 신경 쓸 것 없어."

철무한의 말에 소무결이 얼굴을 찡그렸다.

"이번에도 비밀이냐?"

"비밀? 뭐 그렇긴 하지. 말하기가 조금 곤란하니까."

"이것들은 뭘 그렇게 꽁꽁 숨기고 다녀? 그러지 말고 좀 털어봐 봐."

"털어놓긴 뭘 털어놔? 말하기가 곤란하다는 내 말 못 들었어? 정 그렇게 궁금하면 나중에 기아한테 물어봐. 그 자식이면 말해 줄 수도 있으니까."

철무한이 여전히 말해 줄 생각이 없다는 것을 알아챈 소무결이었지만 이번에는 가만히 넘어갈 생각이 없었다.

봉마곡에서부터 시작해서 석가장까지.

하나같이 의문투성이였던 것이다.

그래서 쉽게 물러서지 않고 다시 철무한을 재촉하려는데, 그보다 백운설이 앞서며 목소리를 냈다.

"근데 기아 어디 있는지 정말 너희들도 몰라? 어디 간다고 말 안 했어?"

"모른다니까. 2년 전에 헤어진 게 끝이라고. 그 이후로는 우리도 본 적 없어."

진심으로 모르겠다는 얼굴의 철무한이었다.

백운설이 한숨을 푹 내쉬며 한 걸음 물러서려는데, 이번에는 제갈연이 나서며 물음을 던졌다.

"어디 짐작 가는 곳이라도 없어요? 그래도 두 사람이 제일 오래 붙어 다녔는데……."

"진짜 몰라. 그 자식이 자기가 어디 가는지 일일이 말해 주고 움직일 만큼 친절한 녀석이 아니라는 건 너도 잘 알잖아. 그러니까 나 좀 그만 괴롭혀. 나도 정말 모른다고."

다시 만나고부터 같은 질문이 거듭되다 보니 어지간해선 화를 내지 않던 철무한도 슬슬 짜증이 난 모양새였다.

그러나 제갈연은 여전히 포기하지 않은 얼굴로 다시 질문했다.

"그러지 말고 잘 좀 생각해 봐요. 그러다 보면 어디 짚이는 곳이라도……."

"하아……."

철무한이 한숨을 깊이 내쉬며 제갈연의 말을 끊었다.

그리고는 여전히 반짝이는 두 눈으로 자신을 쳐다보고 있는 제갈연과 시선을 맞췄다.

"그…… 담 소저 때문에 그러나 본데."

철무한의 말에 제갈연이 움찔 몸을 떨었다. 정곡을 찔린 모양새였다. 그러나 이내 제 실책을 알아차리고는 얼른 손을 내저었다.

"아, 아니 그게 아니라……."

"아니긴 뭐가 아냐? 딱 봐도 그거구만."

제갈연이 당황해하며 얼굴을 빨갛게 붉혔다.

애써 관심을 숨기려는 모습이었지만, 힐끔힐끔 쳐다보는 것으로 보아 백운설 역시 같은 생각을 품은 듯했다.

그런 두 사람의 모습을 번갈아 쳐다보던 철무한이 순간 짜증을 토해 냈다.

"부러운 자식. 진짜 전생에 나라를 구했나?"

"예?"

"아냐, 아무것도. 그보다……."

철무한이 다시금 제갈연과 시선을 맞췄다.

그리고는 아찔할 정도로 부드러운 미소를 내보이며 말을 이었다.

"행동이 좀 경망스러워서 그렇지, 그 자식은 딱 하나만 보거든. 그러니까 넌 걱정할 것 없어."

철무한의 잘생긴 얼굴을 마주한 탓인지, 아니면 다른 이유 때문인지 제갈연의 얼굴이 더 붉어졌다.

그 모습을 지켜보며 이러다 터지지 않을까 잠깐 고민하던 철무한은 이내 한숨을 푹 내쉬었다.

어딘가 모르게 어두워진 듯한 백운설의 얼굴.

그 모습이 마음에 걸린 탓이었다.

'어렵겠네……'

소무결 등이 다시 개봉에 발을 디딘 것은 찬바람이 싸늘하게 불어올 때쯤이었다.

햇수로는 2년이었지만 거의 3년에 다다른 시간.

모처럼 개봉에 발을 디딘 운현 등이 새삼스럽다는 눈으로 주위를 휘휘 둘러보는 것과는 달리 소무결은 죽을상을 하고 있었다.

발걸음은 모래주머니라도 매단 듯 점점 느려지고 있었다.

당소문이 소무결의 어깨를 툭 쳤다.

"빨리 좀 움직여. 이러다 해 떨어지겠다."

소무결이 얼굴을 찡그리며 눈을 흘겼다.

"이 자식…… 네 일 아니라 이거지?"

"기껏해야 몇 대 맞는 게 전부라 하지 않았어? 그것 가지고 뭘."

"그게 문제 아니니까 그러지. 우리 사부 성격상 한 1년은 용봉관에 가둬 두려고 할걸? 생각만 해도 답답해서 죽을 것 같다고."

그러나 당소문은 이해할 수 없다는 얼굴을 했다.

"봉마곡에 갇혀 지낸 게 2년이다. 그런데 고작 1년을……"

"용봉관이 거기랑 같아? 거긴 재밌기라도 했지, 여긴 진짜 답답해서 숨도 못 쉬게 한다는 거 너도 잘 알잖아? 알면서 왜 그래?"

소무결만큼은 아니었지만 당소문도 어느 정도는 이해가 가는 상황이었다.

당소문이 조금은 가라앉은 눈으로 입을 다물었다.

소무결이 입술을 삐죽거리며 불만을 털어놨다.

"젠장! 석가장 일만 아니었어도 우리 방도랑 엮일 일이 없었었는데. 하필이면 그렇게 엮여 가지고……"

열이나 되는 인원을 아무런 흔적도 없이 빼돌린다는 것은 상당히 어려운 일이었다.

게다가 무공을 배우지 않은 이들이 꽤나 섞여 있었던 탓에 그 어려움은 배가 됐으니, 자신들만으로는 해결할 수 없는 상황.

어쩔 수 없이 개방과 접촉할 수밖에 없었다.

그리고 그 일이 해결되는 것과 동시에 자신들은 개봉으로 소환된 것이다.

그 때 불만이 가득한 얼굴로 툴툴거리는 소무결을 향해 석대림이 조심스럽게 질문했다.

"근데 무결 형님, 우리 아버지랑 어머니는 괜찮으시겠죠?"

제 가족에 대한 걱정을 가득 품은 탓에 불안하게 떨리는 눈동자.

잔뜩 얼굴을 찌푸리고 있던 소무결이 쩝 하고 입맛을 다셨다.

그리고는 선선히 고개를 끄덕였다.

"괜찮을 거야. 예전처럼 내가 숨어 다니는 것도 아닌데 아직 잠잠한 걸 보면 별문제 없을 거야. 무슨 일이 있었으면 연락이 왔을 테니까 너무 걱정하지 말고."

그러나 한번 제 가족에게 생각이 미친 석대림은 쉽사리 얼굴을 펴지 못했다.

백운설이 석대림의 어깨를 툭 쳤다.

"너무 걱정할 것 없어. 무결이 말대로 괜찮으실 테니까. 개방이 이런 일에는 전문가거든. 거기다 막 씨 아저씨도 함께 갔으니까 문제없을 거야."

그제야 환하게 밝아지는 석대림의 얼굴.

그리고는 언제 그랬냐는 듯 두 눈을 반짝이며 백운설에게 달라붙으려는데, 하얀 검신이 둘 사이를 불쑥 파고들었다.

"으헛!"

"어마!"

화들짝 놀라는 백운설과 석대림.

석대림보다 먼저 상황을 파악한 백운설이 명진을 향해 눈을 흘겼다.

"명진이 너! 적당히 좀 하면 안 돼? 매번 칼부터 뽑고……
그러다가 잘못되면 네가 책임질 거야?"

허리에 양손을 척 올리고 백운설이 쏘아붙였다.

그러나 명진의 시선은 오로지 석대림에게로만 향해 있었
다.

"들러붙지 말라고 했다."

석대림이 얼굴을 찡그렸다.

"혀, 형님. 난 그냥……"

그러나 명진은 고개를 저으며 석대림의 말을 잘랐다.

"운설이에게 들러붙지 마라."

그리고는 검을 회수하며 시선을 돌리는 명진이었다.

처음 만난 순간부터 자신과 백운설 사이에 선을 그어 버
리는 명진의 모습에 석대림이 불만으로 가득 찬 얼굴로 입
술을 삐죽거렸다.

철무한이 픽 웃으며 고개를 저었다.

"하여간 오지랖도 넓다니까."

그 때 운현이 팔꿈치로 철무한의 팔을 툭툭 쳤다.

"야."

"왜?"

"왜긴 왜야? 너 진짜 정무맹에 들어갈 거야?"

철무한이 어깨를 들썩였다.

"이미 다 끝난 얘기를 새삼스럽게 왜 또 꺼내?"

"아무래도 불안하니까 그렇지. 이거 걸리면 진짜 난리 난다. 그러니까 이쯤에서 그냥……."

"안 걸리면 돼, 안 걸리면."

"야, 그게 마음대로 되는 일이야? 그게 그렇게 쉽게 풀릴 것 같았으면……."

"아, 그 자식. 너희들이 입을 꾹 다물고 있으면 내가 철무한이라는 걸 정무맹에서 어떻게 알아? 내 얼굴 아는 사람은 정무맹에 하나도 없을걸?"

"그래도 초상화가……."

"예전에 무일이가 그러던데, 그거 다 쓸모없대. 옆에 두고 비교해 보기 전에는 모른다고. 그러니까 걱정할 필요 없어."

"그, 그래도……."

"그래도는 무슨 그래도야? 무슨 놈의 걱정이 그렇게 많아? 네가 그러니까 무공이 안 느는 거야."

"이 새끼! 여기서 무공 얘기가 왜 나와? 어디서 헛소리를……!"

운현이 발끈한 얼굴로 철무한을 을러대려는 순간.

천영영이 운현의 어깨를 툭 쳤다.

천영영의 손길을 알아챈 운현이 언제 그랬냐는 듯 얼굴을 펴며 천영영을 돌아봤다.

"왜에?"

다른 이를 상대할 때와는 달리 말꼬리를 길게 늘이는 운현의 태도에 천영영의 입꼬리가 치켜 올라갔다.

그러나 이내 고개를 작게 젓고는 어딘가를 향해 턱짓을 했다.

"다 왔어."

"어? 뭐가……."

천영영이 가리키는 곳을 따라가던 운현은 이내 입을 다물고 말았다.

예전과 한 치도 다름이 없는 정무맹의 거대한 정문.

다시 정무맹으로 돌아온 것이다.

〈10권에 계속〉